Um teto todo seu

Virginia Woolf

Um teto todo seu

Tradução

Bia Nunes de Sousa

Tradução dos poemas

Glauco Mattoso

ALTA BOOKS
GRUPO EDITORIAL

Rio de Janeiro, 2023

O texto deste livro foi fixado conforme o acordo ortográfico vigente no Brasil desde 1º de janeiro de 2009.

EDIÇÃO UTILIZADA NESTA TRADUÇÃO Virginia Woolf, *A Room of One's Own*, Nova York, Harvest, 1989
EDIÇÃO UTILIZADA NA TRADUÇÃO DO DIÁRIO Virginia Woolf, *A Writer's Diary*, Nova York, Mariner Books, 2003.

PREPARAÇÃO Fátima Couto
REVISÃO Beatriz Chaves e Elisa Campos
CAPA Andrea Vilela de Almeida
IMAGEM DE CAPA © Shutterstock | Mates
FOTO DA AUTORA © Getty Images
PROJETO GRÁFICO Rodrigo Frazão

1ª edição, 2014

CIP-Brasil. Catalogação na publicação
Sindicato Nacional dos Editores de Livros, RJ

W862u

Woolf, Virginia, 1882-1941
Um teto todo seu / Virginia Woolf; tradução Bia Nunes de Sousa, Glauco Mattoso; [capa: Andrea Vilela]. - 1. ed. - São Paulo: Tordesilhas, 2014.

Tradução de: A Room of One's Own

ISBN 978-85-64406-86-5

1. Mulheres na literatura. 2. Mulheres e literatura - Inglaterra. 3. Escritoras. 4. Literatura - Escritoras. I. Sousa, Bia Nunes de. II. Mattoso, Glauco. III. Título.

14-08664

CDD: 820.9
CDU: 821.111.09

2021
Tordesilhas é um selo da Alaúde Editorial Ltda.
Avenida Paulista, 1337, conjunto 11
01311-200 – São Paulo – sp
www.tordesilhaslivros.com.br

/Tordesilhas /Tordesilhaslivros
/eTordesilhas /Tordesilhaslivros
blog.tordesilhaslivros.com.br

Sumário

Um teto todo seu 7
Posfácio 161
Diário 171
Cronologia 187

Um teto todo seu

Este ensaio é baseado em dois artigos lidos para a Arts Society, do Newnham College, e para a ODTAA, do Girton College, em outubro de 1928. Os artigos eram muito extensos para serem lidos na íntegra e, desde então, foram alterados e expandidos.

1

Mas, vocês podem dizer, nós pedimos para você falar sobre mulheres e ficção – o que isso tem a ver com um teto todo seu? Vou tentar explicar. Quando vocês me pediram para falar sobre mulheres e ficção, sentei-me às margens de um rio e ponderei sobre o significado dessas palavras. Elas poderiam significar simplesmente algumas menções a Fanny Burney; outras sobre Jane Austen; um tributo às irmãs Brontë e um esboço de Haworth Parsonage sob a neve; alguns chistes, se possível, sobre a senhorita Mitford; uma alusão respeitosa a George Eliot; uma referência à senhora Gaskell e pronto. Mas, à segunda vista, as palavras não parecem tão simples. O título "As mulheres e a ficção" poderia significar, e talvez vocês pensassem assim, as mulheres e como elas são, ou as mulheres e a ficção que elas escrevem, ou poderia significar as mulheres e a ficção que é escrita sobre elas, ou poderia significar que de alguma forma as três possibilidades estão inextricavelmente emaranhadas e vocês gostariam que eu as considerasse sob esse ponto de vista. Quando, porém, comecei a pensar no assunto dessa forma, que parecia a mais interessante, logo percebi que havia um obstáculo inevitável. Eu nunca conseguiria chegar a uma conclusão. Nunca conseguiria cumprir o que é, na minha opinião, a principal tarefa de um palestrante, a de dar a vocês, após um discurso de uma hora, uma pepita de preciosa verdade para ser embrulhada nas páginas de um caderno e mantida em permanente exibição. Tudo o que eu poderia fazer seria dar-lhes a minha opinião sob um ponto de vista mais singelo: uma mulher precisa ter dinheiro e um teto todo seu, um espaço próprio, se quiser escrever ficção; e isso, como vocês verão, deixa sem solução o grande problema da verdadeira natureza da mulher e da verdadeira natureza da ficção. Esquivei-me da obrigação de chegar a uma conclusão sobre esses dois assuntos – mulheres e ficção permanecem, no que me concerne, problemas não resolvidos. Mas, em compensação, vou fazer o possível para mostrar como formei essa opinião acerca do espaço próprio e do dinheiro. Vou revelar a vocês o mais completa e livremente que puder a linha de raciocínio que me levou a isso. Talvez se eu revelar as ideias, os preconceitos que se escondem atrás desse argumento, vocês vejam que têm alguma relação com mulheres e ficção. De qualquer forma, quando o assunto é controverso – e qualquer questão que envolve sexo é –, não se pode esperar a verdade. Só se pode mostrar como se chegou a ter a opinião que se tem. Só se pode dar ao público a oportunidade de tirar as próprias conclusões ao observar as limitações, os preconceitos, as idiossincrasias do palestrante. É mais provável que a ficção contenha mais verdade do que o fato. Por isso, o que proponho, com todas as liberdades e as licenças de uma escritora, é contar a história dos dois dias que precederam minha vinda até aqui... como, curvada pelo peso colocado sobre meus ombros, ponderei sobre o assunto e o encaixei no meu dia a dia. Não preciso dizer que o que estou prestes a descrever não existe; Oxbridge é uma invenção, assim como Fernham; "eu" é apenas um termo prático para alguém que não tem existência real. Dos meus lábios fluirão mentiras, mas talvez haja alguma verdade misturada a elas; cabe a vocês buscar essa verdade e decidir se vale a pena guardar parte dela. Se não, é lógico, vocês vão jogar tudo isso no lixo e esquecer.

Então ali estava eu (chamem-me Mary Beton, Mary Seton, Mary Carmichael ou qualquer outro nome que lhes agrade – pouco importa),[1] sentada às margens de um rio há uma ou duas semanas no clima agradável de outubro, perdida em meus pensamentos. Aquele laço sobre o qual falei, mulheres e ficção, a necessidade de chegar a uma conclusão em um assunto que evoca toda sorte de preconceitos e paixões, me fez curvar a cabeça ao chão. À direita e à esquerda, alguns arbustos dourados e carmesins brilhavam coloridos, pareciam até queimados pelo calor do fogo. Na

[1] Alusão à balada "Mary Hamilton", em especial aos versos "*There was Mary Beaton and Mary Seaton / And Mary Carmichael and me*", que seriam uma referência às damas de companhia de Maria Stuart, rainha da Escócia. (N. da E.)

margem oposta, salgueiros choravam numa lamentação perene, os cabelos sobre os ombros. O rio refletia o que queria de céu e ponte e árvore flamejante, e depois que o estudante remou seu barco pelos reflexos, estes se fecharam de novo, por inteiro, como se ele nunca tivesse estado ali. Era possível passar um dia inteiro nesse lugar com a mente perdida em pensamentos. Um pensamento – para lhe dar um nome mais altivo do que merece – tinha deixado seu rastro pela corrente. Oscilava, minuto a minuto, para cá e para lá entre os reflexos e as plantas aquáticas, deixando-se mostrar e submergir na água até... Sabe aquele puxão, e então um amontoado de ideias na ponta da linha, e depois o recolher cauteloso e a exposição cuidadosa? Por fim, assentado na grama, tão pequeno e tão insignificante parecia esse meu pensamento; o tipo de peixe que um bom pescador devolveria à água para que engordasse e um dia fosse digno de ser cozido e comido. Não vou incomodá-las com esse pensamento agora, embora, se prestarem atenção, vão conseguir encontrá-lo por si mesmas no curso do que estou prestes a dizer.

Por menor que fosse, esse pensamento tinha, apesar de tudo, o mistério próprio de sua espécie – de volta à mente, tornou-se imediatamente muito empolgante e digno de atenção; e, conforme zunia, afundava e zanzava para lá e para cá, despertava um aluvião e um tumulto de ideias tal que me era impossível ficar parada. Foi assim que me vi andando extremamente rápido através de um gramado. Na mesma hora a figura de um homem surgiu para me interceptar. Não percebi de pronto que as gesticulações daquele objeto curioso, de fraque e camisa formal, eram dirigidas a mim. O rosto dele expressava horror e indignação. O instinto, em vez da razão, veio me socorrer: ele era um bedel; eu era uma mulher. Aqui era o gramado; ali estava o caminho. Somente os estudantes e os professores eram admitidos aqui; o cascalho era o meu lugar. Esses eram meus pensamentos naquele momento. Assim que retomei meu caminho, os braços do bedel caíram, seu rosto assumiu a tranquilidade usual, e, embora o gramado fosse melhor para caminhar do que o cascalho, não houve nenhum dano grave. A única acusação que posso fazer contra estudantes e professores de qualquer universidade que seja é a de eles terem afugentado meu pequeno peixe para proteger seus gramados cultivados durante trezentos anos a fio.

Que ideia me levou a uma invasão tão audaciosa, agora não me lembro. O espírito da paz desceu dos céus como uma nuvem, porque, se o espírito da paz habita em algum lugar, é nas quadras e nos pátios de Oxbridge em uma bela manhã de outubro. Passeando por aquelas faculdades, por aqueles corredores antigos, a rudeza do presente parecia se amenizar; o corpo parecia encerrado em um armário de vidro milagroso no qual som nenhum podia penetrar, e a mente, liberta de qualquer contato com os fatos (a menos que alguém invadisse o gramado de novo), ficava à vontade para se dedicar a qualquer meditação que estivesse em harmonia com o momento. Por acaso, memórias esparsas de um ensaio antigo sobre retornar a Oxbridge nas férias me lembraram de Charles Lamb – santo Charles, disse Thackeray, encostando uma carta de

Lamb na testa. De fato, entre todos os mortos (compartilho meus pensamentos à medida que eles me ocorrem), Lamb é um dos mais agradáveis; alguém a quem eu gostaria de perguntar: Diga-me, pois, como escreve seus ensaios? Porque os ensaios dele são superiores até aos de Max Beerbohm, pensei, com toda aquela perfeição, por causa daquela centelha bravia de imaginação, aquele lampejo de genialidade no meio dos textos que os faz ter falhas e imperfeições, mas os torna radiantes de poesia. Lamb esteve em Oxbridge talvez cem anos atrás. Sem dúvida, ele escreveu um ensaio – o título me escapa[1] – sobre o manuscrito de um dos poemas de Milton que ele viu aqui. Era "Lycidas", talvez, e Lamb escreveu como ficou chocado ao pensar na possibilidade de que qualquer das palavras de "Lycidas" pudesse ter sido diferente do que era. Pensar em Milton alterando as palavras do poema parecia-lhe uma espécie de sacrilégio. Isso me fez lembrar de tudo o que eu sabia sobre "Lycidas", e foi divertido imaginar que palavra Milton teria alterado e por quê. Então me ocorreu que o mesmo manuscrito visto por Lamb estava a poucos metros de distância e que era possível seguir seus passos através do pátio até a famosa biblioteca onde esse tesouro fica guardado. Além do mais, ponderei enquanto colocava o plano em prática, é nessa famosa biblioteca que o manuscrito de *Esmond*, de Thackeray,

[1] O nome do ensaio é "Oxford in the Vacation", escrito por Charles Lamb e publicado pela primeira vez no ano de 1820, na *London Magazine*. (N. da E.)

está guardado.[1] Os críticos sempre dizem que *Esmond* é o romance mais perfeito de Thackeray. Mas a afetação do estilo, com sua paródia do século XVIII, era incômoda, tanto quanto posso lembrar, a menos que realmente o estilo do século XVIII fosse inato em Thackeray – um fato que se pode comprovar olhando o manuscrito e verificando se as alterações eram para o bem do estilo ou do sentido. Mas para isso alguém teria de decidir o que é estilo e o que é significado, uma questão que... mas eis-me de fato à porta que leva para a própria biblioteca. Devo tê-la aberto, já que, num instante, como um anjo guardião impedindo o caminho com o esvoaçar de um traje preto em lugar de asas brancas, um cavalheiro desaprovador, prateado e gentil, lamentou em voz baixa, à medida que me dispensava com um gesto, que só se admitiam damas na biblioteca se acompanhadas por um estudante da universidade ou munidas de uma carta de apresentação.

Que aquela biblioteca famosa tenha sido amaldiçoada por uma mulher é uma questão irrelevante para uma biblioteca famosa. Venerável e calma, com todos os seus tesouros seguramente trancados em seu íntimo, ela dorme complacentemente, e, no que me diz respeito, vai dormir assim para sempre. Nunca mais eu despertaria os ecos, nunca mais solicitaria aquela hospitalidade de novo, prometi ao descer os degraus, enraivecida. Ainda restava uma hora

[1] Os manuscritos de "Lycidas" e de *Esmond* estão na biblioteca do Trinity College, na Universidade de Cambridge. (N. da E.)

até o almoço, e o que se podia fazer? Vagar pelos prados? Sentar-se à beira do rio? Era certamente uma manhã de outono adorável; as folhas flutuavam vermelhas até o chão; não era sofrimento nenhum fazer qualquer um dos dois. Mas o som de música chegou a meus ouvidos. Alguma cerimônia religiosa ou celebração estava acontecendo. O órgão se lamentava magnificamente quando passei pela porta da capela. Até o pesar do cristianismo parecia, naquele ar sereno, mais a lembrança do pesar do que o pesar em si; mesmo os gemidos do órgão antigo pareciam aninhados na paz. Mesmo que eu tivesse o direito de entrar, não tinha vontade de fazê-lo, e desta vez o sacristão poderia ter me impedido, exigindo talvez minha certidão de batismo ou uma carta de apresentação do reitor. Mas o exterior dessas construções magníficas é quase sempre tão bonito quanto o interior. Ademais, era divertido o suficiente observar a congregação se reunir, entrar e sair de novo, ocupando-se à porta da capela como abelhas na entrada da colmeia. Muitos usavam chapéu e túnica; alguns tinham estolas de pele sobre os ombros; outros eram conduzidos em cadeiras de rodas; outros, apesar de não terem passado da meia-idade, pareciam amassados e esmagados em formatos tão peculiares que lembravam aqueles caranguejos e lagostins gigantes que se erguem com dificuldade da areia de um aquário. Enquanto me apoiava na parede, a universidade realmente pareceu um santuário onde são preservados os tipos raros que em breve estariam obsoletos se deixados para lutar por sua existência na calçada da Strand. Histórias antigas de reitores antigos e professores antigos me vieram à mente, mas, antes que eu pudesse reunir coragem para assobiar – diziam que ao som de um assobio o velho professor ________ começava a galopar –, a venerável congregação entrou. O exterior da capela permaneceu. Como vocês sabem, seus domos e seus pináculos altos podem ser vistos, como um veleiro sempre em viagem mas que nunca chega, iluminados à noite, e visíveis por muitos quilômetros através das colinas. Houve um tempo, presumo, em que esse quadrilátero, com seus gramados macios, seus edifícios maciços e a própria capela, foi também um pântano onde a grama ondulava e os porcos fuçavam. Manadas de cavalos e bois, pensei, devem ter transportado as pedras em vagões vindos de países longínquos, e então, com trabalho infinito, os blocos cinzentos, sob cuja sombra eu estava agora, foram equilibrados em ordem um em cima do outro, e depois os pintores trouxeram os vidros para as janelas, e os pedreiros ficaram ocupados por séculos naquele teto com betume e cimento, pá e colher. Todo sábado alguém deve ter despejado ouro e prata de uma bolsa de couro em suas mãos, pois eles provavelmente bebiam cerveja e jogavam boliche à noite. Um veio de ouro e prata sem fim, pensei, deve ter jorrado perpetuamente para este pátio de forma a manter as pedras a caminho e os pedreiros no trabalho; nivelar, descartar, desenterrar e drenar. Era a Idade da Fé,[1] e o dinheiro fluía livremente para assentar essas pedras em uma fundação profunda, e quando as pedras estavam de pé ainda mais dinheiro era vertido diante dos cofres de reis e rainhas e grandes

[1] Mais conhecida como Idade Média, a Idade da Fé abrangeu do século V ao XV e foi um período de intenso predomínio da Igreja sobre a sociedade. (N. da E.)

nobres para garantir que aqui se cantassem hinos e se ensinasse aos alunos. Concederam-se terras, pagaram-se dízimos. Quando a Idade da Fé terminou e a Idade da Razão[1] começou, o mesmo veio de ouro e prata continuou; fundaram-se irmandades, concederam-se cargos de palestrantes; agora apenas o ouro e a prata fluíam, não dos tesouros do rei, mas dos baús de mercadores e industriais, das bolsas de homens que fizeram, digamos, uma fortuna nas fábricas e devolveram, em testamento, uma generosa parte dela para endossar mais cátedras, mais cargos de palestrantes, mais irmandades na universidade onde aprenderam o ofício. Em consequência, as bibliotecas e os laboratórios; os observatórios; o esplêndido conjunto de instrumentos caros e delicados que agora está em prateleiras de vidro, onde séculos atrás a grama ondulava e os porcos fuçavam. Certamente, enquanto eu passeava pelo pátio, a fundação de ouro e prata parecia profunda o suficiente; o pavimento assentava-se solidamente sobre a grama silvestre. Homens com bandejas sobre a cabeça passavam, ocupados, de uma escada a outra. Buquês pomposos floresciam em jardineiras. A melodia de um gramofone ecoava alta do interior. Era impossível não refletir – a reflexão, fosse ela qual fosse, foi interrompida. O relógio soou. Era hora de se pôr a caminho do almoço.

[1] A Idade da Razão, ou Iluminismo, foi o movimento intelectual predominante no século XVIII, caracterizado pela centralidade da ciência e da racionalidade, em oposição à religião. (N. da E.)

É curioso que os romancistas nos façam acreditar que os almoços são invariavelmente memoráveis por algum dito espirituoso ou algum feito muito sábio. Mas eles mal dizem uma palavra sobre o que se comeu. Faz parte de seu costume não mencionar sopa e salmão e pato, como se a sopa e o salmão e o pato não tivessem importância, como se ninguém fumasse um charuto ou tomasse uma taça de vinho. Aqui, contudo, tomarei a liberdade de desafiar esse costume e contar a vocês que o almoço naquela ocasião iniciou-se com linguado – afundado em uma travessa –, sobre o qual o cozinheiro da universidade espalhou uma camada de um creme muito branco, a não ser pelas manchas marrons que o maculavam aqui e ali como as pintas nos flancos de uma corça. Depois disso vieram as perdizes, mas, se vocês pensaram em uma ou duas aves amarronzadas e peladas, estão enganadas. As perdizes, muitas delas, vieram com uma comitiva de molhos e saladas, os picantes e os doces, cada um a seu tempo; as batatas, finas como moedas mas não duras demais; os brotos, folhosos como botões de rosa, porém mais suculentos. Nem bem terminamos com o assado e seu séquito, e o serviçal silencioso, talvez o próprio bedel em uma aparição mais discreta, colocou diante de nós, em meio a uma guirlanda de guardanapos, um doce do qual emergiam ondas de açúcar. Chamá-lo de pudim, e assim relacioná-lo com arroz ou tapioca, seria um insulto. Nesse meio-tempo as taças de vinho jorravam amarelo e jorravam carmim; foram esvaziadas; foram completadas. E assim, aos poucos, acendeu-se no meio da espinha, a base da alma, não aquela luz elétrica rígida que denominamos inteligência, que entra e sai dos lábios, mas o brilho mais profundo, sutil e subterrâneo que é a forte chama da comunicação racional. Sem que precisássemos correr. Sem que precisássemos brilhar. Sem que precisássemos ser alguém que não nós mesmos. Todos nós vamos para o céu, e Van Dyck é quem nos guia[1] – em outras palavras, como a vida parecia boa, como eram doces suas recompensas, como pareciam triviais esta rixa ou aquela mágoa e admiráveis a amizade e as companhias enquanto, acendendo um bom cigarro, nós nos afundávamos entre as almofadas do sofá sob a janela.

Se, afortunadamente, tivesse havido um cinzeiro por perto, se as cinzas não tivessem sido jogadas janela afora, se as coisas tivessem sido um pouco diferentes do que foram, é provável que ninguém tivesse visto um gato sem rabo. A visão daquele animal abrupto e truncado caminhando calmamente pelo pátio modificou, por mero acaso da inteligência subconsciente, a luz emocional para mim. Foi como se alguém tivesse deixado cair uma sombra. Talvez o *hock*[2] estivesse afrouxando as amarras. Certamente, enquanto eu via o gato manx[3] parar no meio do gramado, como se também ele questionasse o universo, algo parecia faltar, algo parecia diferente. Mas o que faltava, o que estava diferente?, perguntei-me, ouvindo as conversas. Para

[1] No original, "*We are all going to heaven and Van Dyck is of the company*". Supostamente estas foram as palavras finais do pintor Thomas Gainsborough (1727-88). Antoon van Dyck (1599-1641) foi um pintor flamengo, notório pelos retratos da corte inglesa. (N. da E.)

[2] Vinho branco da região do Reno, na Alemanha. (N. da T.)

[3] Gato sem cauda originário da ilha de Man, no Reino Unido. (N. da T.)

responder a essa pergunta era preciso me imaginar fora daquela sala, de volta ao passado, antes mesmo da guerra, e colocar diante dos meus olhos o modelo de outro almoço, oferecido em cômodos não muito distantes dali, mas diferentes. Tudo era diferente. Nesse ínterim, a conversa continuava entre os convidados, que eram em grande número e jovens, alguns deste sexo, alguns do outro; continuava sem dificuldades, continuava agradavelmente, livremente, divertidamente. E conforme continuava, coloquei-a ao fundo daquela outra conversa, e conforme comparei as duas não tive dúvidas de que uma era descendente, a legítima herdeira, da outra. Nada foi alterado; nada estava diferente, exceto que aqui eu ouvia com ouvidos atentos não inteiramente o que era dito, mas o murmúrio ou a corrente que permeava tudo. Sim, era isso – a mudança estava ali. Antes da guerra, em um almoço como aquele, as pessoas teriam dito exatamente as mesmas coisas, mas elas soariam de outro modo, porque naqueles dias seriam acompanhadas por uma espécie de zumbido, não articulado, mas musical, empolgante, que alteraria o próprio significado das palavras. Seria possível atribuir esse zumbido às palavras? Talvez com a ajuda dos poetas fosse possível... Havia um livro ao meu lado, e, ao abri-lo, recorri casualmente a Tennyson. E então descobri que Tennyson cantava:

"Esplêndida, essa lágrima que tomba
da flor mais passional junto ao portão!
Vem vindo a minha amada, a minha pomba!
Vem vindo do viver meu a razão!

O cravo diz 'Demora...' e de mim zomba.
A rosa diz 'Não tarda a chegar, não...'
Do cravo o choro ecoa como bomba.
Da rosa os brados ânimo me dão."[1]

Era isso que os homens cantarolavam nos almoços antes da guerra? E as mulheres?

"Qual pássaro canoro, não é mudo
meu vivo coração, que ninho tem.
Qual árvore que fruto dá, polpudo,
vigor meu coração não está sem.
Qual arco multicor de brilho agudo,
do mar meu coração se estende além
e bate, mais feliz que aquilo tudo,
pois vindo ao meu encontro meu bem vem."[2]

---

[1] Versão reconstrutiva, de autoria do poeta Glauco Mattoso, da penúltima estrofe de "Song from Maud", de Alfred Tennyson (1809-92): "*There has fallen a splendid tear / From the passion-flower at the gate. / She is coming, my dove, my dear; / She is coming, my life, my fate; / The red rose cries, 'She is near, she is near'; / And the white rose weeps, 'She is late'; / The larkspur listens, 'I hear, I hear'; / And the lily whispers, 'I wait'.*". (N. da E.)

[2] Versão reconstrutiva, de Glauco Mattoso, desta estrofe de "A birthday", de Christina Rossetti (1830-94): "*My heart is like a singing bird / Whose nest is in a water'd shoot; / My heart is like an apple tree / Whose boughs are bent with thick-set fruit; / My heart is like a rainbow shell / That paddles in a halcyon sea; / My heart is gladder than all these / Because my love is come to me.*". (N. da E.)

Era isso o que as mulheres cantarolavam nos almoços antes da guerra?

Era algo tão ridículo pensar nas pessoas cantarolando essas coisas, mesmo de boca fechada, nos almoços antes da guerra, que explodi em risadas e tive que explicar meu riso apontando para o gato manx, que realmente tinha uma aparência meio absurda, pobre animal, sem rabo, no meio do gramado. Teria ele nascido assim ou perdera o rabo em um acidente? O gato sem rabo, embora se afirme que habite a ilha de Man, é mais raro do que se imagina. É um animal ridículo, esquisito em vez de bonito. É estranha a diferença que um rabo faz – vocês sabem o tipo de coisa que se diz à medida que o almoço termina e as pessoas pegam os casacos e os chapéus.

Este, graças à hospitalidade do anfitrião, estendeu-se por toda a tarde. O lindo dia de outubro estava terminando, e as folhas caíam das árvores sobre a avenida conforme eu caminhava. Portão após portão pareciam se fechar gentilmente atrás de mim. Incontáveis bedéis encaixavam incontáveis chaves em fechaduras bem lubrificadas; a caixa-forte estaria segura por mais uma noite. Depois da avenida, chega-se a uma estrada – esqueci o nome – que leva, ao pegar a saída à direita, a Fernham. Mas havia bastante tempo. O jantar começaria só às sete e meia. Era quase possível ficar sem o jantar depois de um almoço daqueles. É estranho como um fragmento de poesia influencia a mente e faz as pernas se moverem no mesmo ritmo pela estrada. Aquelas palavras:

"Esplêndida, essa lágrima que tomba
da flor mais passional junto ao portão!
Vem vindo a minha amada, a minha pomba!"

ecoavam nas minhas veias conforme eu caminhava rapidamente em direção a Headingley. E então, alternando para a outra parte, cantei, ali onde as águas são agitadas pelo dique:

"Qual pássaro canoro, não é mudo
meu vivo coração, que ninho tem.
Qual árvore que fruto dá, polpudo,"

Que poetas, exclamei em voz alta, como se faz ao crepúsculo,

que poetas eles eram!

Com um pouco de ciúme, acho que, em razão da nossa própria era, embora comparações como estas sejam tolas e absurdas, continuei o caminho, imaginando se seria possível indicar dois poetas tão bons hoje quanto Tennyson e Christina Rossetti foram então. Obviamente é impossível, pensei, ao olhar para aquelas águas espumantes, compará-los. A principal razão pela qual aquela poesia emociona em um nível tão intenso de renúncia, de arrebatamento, é porque exalta sentimentos que costumávamos ter (nos almoços antes da guerra, talvez), e assim respondemos com facilidade, com familiaridade, sem nos dar ao trabalho de examinar o sentimento ou compará-lo com o que sentimos agora. Mas os poetas vivos expressam um sentimento que está sendo criado e ao mesmo tempo arrancado de nós neste momento. Não são reconhecidos de primeira; muitas vezes, por alguma razão, são temidos; são acompanhados com veemência e comparados com inveja e suspeita ao sentimento conhecido de outrora. Eis aí a dificuldade da poesia moderna; e é por causa dessa dificuldade que ninguém lembra mais que dois versos seguidos de qualquer bom poeta moderno. Por esta razão – a falha da minha memória –, a discussão esmorecia por falta de argumento. Mas, por que, continuei, indo na direção de Headingley, paramos de cantarolar baixinho nos almoços? Por que Alfred parou de declamar:

"Vem vindo a minha amada, a minha pomba!"?

E por que Christina parou de responder:

"e bate, mais feliz que aquilo tudo,
pois vindo ao meu encontro meu bem vem"?

Devemos colocar a culpa na guerra? Quando as armas foram disparadas, em agosto de 1914, o rosto de homens e mulheres se revelou tão simplório um ao outro que o romance foi destruído? Certamente foi um choque (em particular para as mulheres e suas ilusões sobre educação e assim por diante) ver o rosto de nossos governantes sob a luz dos bombardeios. Tão feios eles pareciam – alemães, ingleses, franceses –, tão estúpidos. Coloque-se a culpa no que se queira, em quem se queira; a ilusão que inspirou Tennyson e Christina Rossetti a cantar tão apaixonadamente sobre a vinda de seus amores é bem mais rara agora do que então. Basta ler, ver, ouvir, lembrar. Mas por que falar em "culpa"? Por que não, se era ilusão, louvar a catástrofe, seja ela qual for, que destruiu a ilusão e colocou a verdade em seu lugar? Porque a verdade... As reticências marcam o ponto onde, em busca da verdade, perdi a entrada para Fernham. Sim, de fato, o que era verdade e o que era ilusão?, perguntei a mim mesma. Qual era a verdade sobre aquelas casas, por exemplo, agora embaçadas e festivas com suas janelas vermelhas ao anoitecer, mas cruas, vermelhas e esquálidas, com seus doces e cadarços de sapatos, às nove horas da manhã? E os salgueiros, o rio e os jardins que seguiam para o rio, agora oscilantes sob a névoa furtiva, mas dourados e vermelhos sob a luz do sol – qual era a verdade, qual era a ilusão que os cercava? Vou poupá-los das idas e vindas das minhas considerações, já que nenhuma conclusão foi encontrada na estrada para Headingley, e peço a vocês que presumam que logo percebi meu erro na entrada e refiz meus passos até Fernham.

Como já mencionei que era um dia de outubro, não ouso arriscar seu apreço e pôr em perigo o bom nome da ficção ao alterar as estações e descrever lilases caindo sobre os muros dos jardins, crocos, tulipas e outras flores da primavera. A ficção precisa se ater aos fatos, e quanto mais verdadeiros os fatos, melhor a ficção – é o que dizem. Assim, ainda era outono, e as folhas ainda estavam amarelas e caíam, talvez um pouco mais rápido que antes, porque agora já era noite (sete e vinte e três, para ser precisa), e uma brisa (do sudoeste, para ser exata) começava a soprar. Mas, a despeito de tudo isso, havia algo esquisito no ar:

"Qual pássaro canoro, não é mudo
meu vivo coração, que ninho tem.
Qual árvore que fruto dá, polpudo,
vigor meu coração não está sem."

Talvez as palavras de Christina Rossetti tenham sido em parte responsáveis pelos desatinos de imaginar – não era nada mais que imaginação, claro – que o lilás estava sacudindo suas flores sobre os muros dos jardins, e as borboletas se moviam rapidamente aqui e ali, e a poeira do pólen estava no ar. Um vento soprou, de que canto não sei, mas levantou as folhas quase crescidas e provocou um lampejo prateado no ar. Era a hora do lusco-fusco, na qual as cores passam por uma intensificação, e roxos e dourados ardem nos vidros das janelas como as batidas de um coração emocionado; quando por alguma razão a beleza do mundo revelada e prestes a perecer (aqui eu entro no jardim, pois, inadvertidamente, a porta foi deixada aberta, e não há bedéis por perto), a beleza do mundo prestes a perecer tem duas faces, uma de riso, outra de angústia, fazendo o coração em pedaços. Os jardins de Fernham se exibiam diante de mim sob o crepúsculo da primavera, selvagem e ampla, e na grama comprida, salpicada e espalhada sem cuidados, havia abróteas e jacintos, talvez desordenados na maioria das vezes, e agora esvoaçantes e ondeantes enquanto se agarravam a suas raízes. As janelas do prédio, arredondadas como escotilhas de navio entre ondas generosas de tijolos vermelhos, mudavam de amarelo para prateado com a passagem de rápidas nuvens de primavera.

Alguém estava deitado em uma rede, alguém – mas sob essa luz eram apenas fantasmas, meio adivinhados, meio vislumbrados – corria pela grama – ninguém a impediria? – e então no terraço, como se viesse à tona para respirar, para olhar o jardim, veio uma figura curvada, formidável porém humilde, com uma testa grande e um vestido surrado – seria a famosa professora, seria a própria J_______ H_______,[1] ela mesma? Tudo era sombrio, mas intenso também, como se o manto que o entardecer lançara sobre o jardim tivesse sido rasgado por uma estrela ou uma espada – a ferida profunda do choque de realidade terrível, como sempre o é, das entranhas da primavera. Porque a juventude...

Eis minha sopa. O jantar estava sendo servido no vasto salão. Longe de ser primavera, era, de fato, uma noite de outubro. Todos estavam acomodados no grande salão. O jantar estava pronto. Ali estava a sopa. Era um caldo simples. Não havia nada para torná-lo mais elaborado. Teria sido possível ver os motivos desenhados no prato através do líquido transparente. Mas não havia desenhos. O prato era liso. Depois veio um bife com seu acompanhamento de legumes e batatas – uma trindade caseira, evocando as ancas do gado em um mercado lamacento, e brotos retorcidos e amarelados nas pontas, e pechinchas, barganhas e mulheres com sacolas numa manhã de segunda-feira. Não havia razão para queixar-se da alimentação diária

---

[1] As iniciais remetem a Jane Ellen Harrison (1850-1928), célebre arqueóloga e professora do Newnham College, da Universidade de Cambridge. (N. da E.)

da natureza humana, visto que o suprimento era suficiente, e mineradores certamente não aceitariam menos. Seguiram-se ameixas e creme inglês. E se alguém reclamar que as ameixas, mesmo quando suavizadas por creme inglês, são um vegetal sem coração (frutas elas não são), viscosas como o coração de um avarento e que exsudam líquidos como os que devem correr nas veias de um avarento que lhes negou vinho e conforto por oito anos e ainda assim não os doou aos pobres, deve-se considerar que há pessoas cuja caridade compreende até as ameixas. Em seguida vieram biscoitos e queijo, e nessa hora a jarra de água circulou livremente, porque é da natureza dos biscoitos serem secos, e aqueles eram biscoitos por excelência. Isso foi tudo. A refeição terminara. Todas empurraram a cadeira para trás; as portas de vaivém iam e vinham com violência; logo o salão estava livre de qualquer vestígio de comida e pronto para o café da manhã seguinte. Corredores afora e escadas acima, a juventude da Inglaterra ia fazendo barulho e cantando. E poderia uma convidada, uma estranha (pois eu tinha tantos direitos ali em Fernham quanto em Trinity, Somerville, Girton, Newnham ou Christchurch) dizer "O jantar não estava bom" ou dizer (estávamos agora, Mary Seton e eu, em sua sala de estar) "Será que não poderíamos ter jantado aqui sozinhas?", pois, se eu tivesse dito algo assim, estaria me intrometendo e vasculhando as economias secretas de uma casa cujas aparências são, para o estranho, de plena alegria e coragem. Não, não se poderia dizer nada desse tipo. Realmente, por um momento a conversa esmoreceu. Com a constituição humana sendo como é, coração, corpo e cérebro todos misturados, e não restritos a compartimentos separados como sem dúvida serão daqui a um milhão de anos, um bom jantar é de suma importância para uma boa conversa. Não se pode pensar direito, amar direito, dormir direito quando não se jantou direito. O brilho no meio da espinha não se acende com bife e ameixas. Todos nós *provavelmente* vamos para o céu, e Van Dyck vai, *assim esperamos*, nos encontrar na próxima esquina – esse é o estado de espírito dúbio que, no fim do dia, bife e ameixas geram. Felizmente minha amiga, que dava aulas de ciências, tinha um aparador com uma garrafa bojuda e copinhos (mas deveria ter havido linguado e perdiz, para começar), e assim fomos capazes de avivar o fogo e reparar um pouco do prejuízo do dia. Em um minuto ou dois, estávamos circulando livremente entre os assuntos de curiosidade e de interesse que surgem na mente durante o período de afastamento de determinada pessoa e que naturalmente são discutidos quando há um reencontro – por que um se casou e o outro não; um pensa isso, o outro aquilo; uns progrediram com tamanho conhecimento, outros decaíram de forma impressionante, e todas as especulações sobre a natureza humana e o caráter do mundo impressionante em que vivemos que decorrem com naturalidade desse tipo de conversa. Enquanto essas coisas eram ditas, porém, tornei-me vergonhosamente consciente de uma corrente que ganhava força sozinha e levava as coisas adiante, destinadas a um término próprio. Alguém poderia estar falando da Espanha ou de Portugal, ou de livros ou de corrida de cavalos, mas o interesse verdadeiro do que quer que tivesse sido dito não era nenhuma dessas coisas, mas a cena dos pedreiros no alto do teto cinco séculos antes. Reis e nobres trouxeram tesouros em sacos gigantes e despejaram-nos sob a terra. A cena sempre voltava à minha mente e se colocava ao lado de outra, com vacas magras e um mercado lamacento e verduras murchas e o coração viscoso dos velhos – essas duas cenas, por mais desconjuntadas, desconexas e carentes de sentido que fossem, voltavam sempre à minha mente e enfrentavam-se entre si, deixando-me por inteiro à sua mercê. O melhor caminho, a menos que a conversa inteira fosse deturpada, era deixar o que estava na minha cabeça sair e, com sorte, se enfraquecer e desmoronar como a cabeça do rei morto quando eles abriram o caixão em Windsor. Em poucas palavras, então, contei à senhorita Seton sobre os pedreiros que estiveram durante todos aqueles anos no teto da capela, e sobre os reis e as rainhas e os nobres que carregaram sacos de ouro e prata sobre os ombros e os enterraram; e como os grandes magnatas das finanças do nosso tempo vieram e depositaram cheques e títulos, suponho, enquanto outros assentaram lingotes e pepitas de ouro. Tudo isso jazia sob as faculdades, disse eu; mas e esta faculdade dentro da qual estávamos sentadas, o que jazia sob seus nobres tijolos vermelhos e os gramados selvagens e desleixados do jardim? Que força estaria por trás do conjunto de pratos lisos nos quais jantamos, e (escapou da minha boca antes que eu pudesse evitar) do bife, do creme inglês e das ameixas?

Bem, disse Mary Seton, no ano de 1860... oh, mas você conhece a história de cor, disse ela, entediada. E entoou: alugavam-se quartos. Reuniam-se comitês. Endereçavam-se envelopes. Distribuíam-se circulares. Ocorriam reuniões; liam-se cartas; fulano prometera um tanto; por outro lado, o senhor _______ não daria um tostão. O *Saturday Review* foi muito grosseiro. Como levantar fundos para pagar pelos gabinetes? Deveríamos organizar um bazar? Será que não encontraríamos uma garota bonita para se sentar na fileira da frente? Vamos ver o que John Stuart Mill disse sobre o assunto. Será que alguém consegue persuadir o editor de _______ a publicar a carta? Será que conseguimos convencer Lady _______ a assinar? Lady _______ está fora da cidade. Provavelmente era assim que se faziam as coisas sessenta anos atrás; era um esforço prodigioso, e gastava-se muito tempo nisso. E foi só depois de uma longa batalha e com a máxima dificuldade que conseguiram juntar trinta mil libras.[1] Obviamente, não é possível ter vinho e perdizes e empregados carregando baixelas de alumínio na cabeça, ela disse. Não podemos ter sofás e quartos separados. "Os confortos", afirmou ela, citando um livro ou outro, "terão que esperar."[2]

Com o pensamento em todas aquelas mulheres que trabalhavam ano após ano, lutando para juntar duas mil libras, e no tanto

---

[1] "Fomos instruídas a pedir trinta mil libras no mínimo [...] Não é uma quantia alta, considerando que haverá uma única universidade do gênero na Grã-Bretanha, Irlanda e colônias, e considerando como é fácil arrecadar somas vultosas para as escolas de rapazes. Mas, considerando que poucas pessoas realmente querem que as mulheres estudem, é um bom negócio." Lady Stephen [Barbara Nightingale Stephen], *Emily Davies and Girton College*. (N. da A.)

[2] "Cada centavo que ele conseguia juntar era guardado para a construção, e os confortos teriam que esperar." R. Strachey, *The Cause: a Short History of the Women's Movement in Great Britain*. (N. da A.)

que precisariam fazer para juntar trinta mil libras, irrompemos em escárnio ante a pobreza repreensível do nosso sexo. O que nossas mães ficaram fazendo que não tiveram riqueza nenhuma para nos deixar? Retocando a maquiagem? Olhando vitrines? Tomando sol em Monte Carlo? Havia algumas fotografias sobre a lareira. A mãe de Mary – se é que era ela no retrato – pode ter sido preguiçosa e esbanjadora em seu tempo livre (ela teve treze filhos com um ministro da Igreja), mas, se isso for verdade, sua vida feliz e esbanjadora deixou pouquíssimos traços de deleite em seu rosto. Ela era uma figura sem ornatos, uma senhora com um xale xadrez preso por um grande camafeu, e estava sentada em uma poltrona de vime, encorajando um *spaniel* a olhar para a câmera, com a expressão divertida, ainda que preocupada, de alguém que tem certeza de que o cachorro vai se mexer no momento em que a lâmpada se acender. Agora, se ela tivesse montado um negócio próprio; se tivesse se tornado uma fabricante de seda artificial ou uma magnata na bolsa de valores; se tivesse deixado duzentas ou trezentas mil libras para Fernham, nós poderíamos estar sentadas à vontade nesta noite, e o assunto da conversa poderia ter sido arqueologia, botânica, antropologia, física, a natureza do átomo, matemática, astronomia, relatividade, geografia. Se ao menos a senhora Seton, sua mãe e sua avó tivessem aprendido a grande arte de ganhar dinheiro e tivessem destinado o seu dinheiro, como fizeram os pais e os avôs delas, a criar bolsas para pesquisas ou palestras e prêmios e bolsas de estudos específicas para o uso de seu próprio sexo, nós poderíamos ter jantado decentemente uma ave e uma garrafa de vinho aqui em cima; poderíamos esperar, com confiança desmedida, viver uma vida agradável e honrada sob a proteção de uma dessas profissões prodigamente rentáveis. Nós poderíamos estar explorando ou escrevendo; divagando sobre os lugares mais veneráveis da terra; em contemplação, sentadas nos degraus do Pártenon ou chegando a um escritório às dez e voltando à vontade para casa às quatro e meia para escrever um pouco de poesia. Mas, se a senhora Seton e seus pares tivessem ido trabalhar aos quinze anos, não haveria – esse era o centro da discussão – nenhuma Mary. O que Mary pensava sobre isso?, perguntei. Ali, entre as cortinas, estava a noite de outubro, calma e agradável, com uma ou duas estrelas em meio às árvores que amarelavam. Ela estaria pronta para renunciar ao seu quinhão e às suas memórias (eles tinham sido uma família feliz, apesar de numerosa) de brincadeiras e brigas na Escócia, lugar que ela não se cansa de elogiar pela pureza do ar e pela qualidade dos bolos, para que Fernham pudesse ter recebido mais ou menos cinquenta mil libras através do traço de uma caneta? Ora, ao apoio a uma faculdade é imprescindível a supressão completa das famílias. Fazer fortuna e criar treze filhos – ser humano algum seria capaz disso. Considerem-se os fatos, dissemos. Primeiro, há os nove meses antes de o bebê nascer. Então o bebê nasce. Depois há os três ou quatro meses usados para alimentar o bebê. Depois que o bebê é alimentado, há certamente mais cinco anos gastos em brincadeiras com ele. Não se pode, ao que parece, deixar as crianças correrem pelas ruas. Quem as viu correr sem rumo na Rússia disse que a visão não é agradável. As pessoas dizem também que a natureza humana se forma entre um e cinco anos de idade. Se a senhora Seton, disse eu, estivesse ganhando dinheiro, que tipo de lembranças de brincadeiras e brigas você teria? O que você saberia sobre a Escócia e seu ar puro, seus bolos e todo o resto? Mas é inútil se perguntar essas coisas porque, para começar, você nem existiria. Além disso, é igualmente inútil se perguntar o que teria acontecido se a senhora Seton, sua mãe e sua avó tivessem acumulado grande riqueza e a houvessem depositado nas fundações de uma faculdade e uma biblioteca, porque, em primeiro lugar, ganhar dinheiro era impossível para elas, e, em segundo, se isso tivesse sido possível, a lei lhes negaria o direito de possuir o dinheiro ganho. Foi só nos últimos quarenta e oito anos que a senhora Seton poderia ter tido um centavo seu.[1] Durante os séculos anteriores, o dinheiro teria sido propriedade do marido dela – um pensamento que talvez tenha contribuído para manter a senhora Seton, sua mãe e sua avó afastadas da bolsa de valores. Todo centavo que eu ganhar, elas podem ter pensado, será tirado de mim e usado conforme a sabedoria do meu marido – talvez para fundar uma bolsa de estudos ou apoiar um programa de pesquisas em Balliol ou Kings –, por isso, ganhar dinheiro, ainda que eu o conseguisse, não é algo que me interesse muito. É melhor deixar isso para o meu marido.

[1] No fim do século XIX foram aprovados no Reino Unido os Married Women's Property Acts, que davam às mulheres casadas o direito de serem as proprietárias legais do dinheiro que ganhavam e também de controlarem seus bens. (N. da E.)

De qualquer forma, se a culpa era ou não da senhora que olhava o *spaniel*, não havia dúvida de que, por uma ou outra razão, a mãe dela e a minha se descuidaram gravemente dos seus negócios. Nenhum centavo pôde ser gasto com "amenidades"; com perdizes e vinho, bedéis e gramados, livros e charutos, bibliotecas e lazer. Levantar paredes nuas a partir da terra nua era o máximo que poderiam ter feito.

Conversávamos em pé perto da janela, olhando, como outros milhares faziam toda noite, para os domos e as torres da famosa cidade a nossos pés. Era muito bonita, muito misteriosa sob o luar outonal. A velha pedra parecia muito branca e respeitável. Pensávamos em todos os livros que estavam reunidos lá embaixo; nas imagens de antigos prelados e outras personalidades penduradas nos aposentos revestidos de lambris; nos vitrais das janelas que estariam refletindo estranhos globos e meias-luas no chão; nas placas, nos memoriais e nas inscrições; nas fontes e nos gramados; nos cômodos silenciosos com vista para os pátios internos silenciosos. E (perdoem-me a reflexão) pensava também no fumo e na bebida admiráveis, nas poltronas confortáveis e nos tapetes agradáveis: na urbanização, na genialidade e na dignidade que são filhas do luxo, da privacidade e do espaço. Certamente a mãe dela e a minha não nos proveram de nada comparável a isso – nossas mães, que tinham dificuldade para juntar trinta mil libras, nossas mães, que pariam treze filhos de ministros religiosos em St. Andrews.

Então retornei à minha pousada, e enquanto caminhava pelas ruas escuras ponderei sobre uma coisa e outra, como se faz ao final de um dia de trabalho. Ponderei sobre a razão de a senhora

Seton não ter tido dinheiro para nos legar; e sobre os efeitos que a pobreza tem na mente; e sobre os efeitos que a riqueza tem na mente; e pensei nos cavalheiros estranhos que vira naquela manhã, com estolas de pele sobre os ombros; e lembrei que se alguém soltasse um assovio, um deles corria; e pensei no órgão ribombando na capela e nas portas fechadas da biblioteca; e pensei em como é desagradável ficar presa do lado de fora; e pensei em como talvez seja pior ficar presa do lado de dentro; e, pensando na segurança e na prosperidade de um sexo, na pobreza e na desproteção do outro e nos efeitos da tradição e da falta de tradição sobre a mente de um escritor, pensei finalmente que era hora de dar o dia por encerrado, com suas discussões, suas impressões, sua raiva e seu riso. Milhares de estrelas brilhavam na vastidão azul do céu. Uma delas parecia solitária em uma sociedade inescrutável. Todos os seres humanos estavam deitados – de bruços, horizontais, mudos. Ninguém parecia se mexer nas ruas de Oxbridge. Mesmo a porta do hotel abriu-se por completo ao toque de uma mão invisível – nenhum empregado do hotel a postos para iluminar meu caminho para o quarto; era muito tarde.

2

O cenário, se me permitem pedir que me acompanhem, estava mudado. As folhas ainda caíam, mas agora em Londres, não em Oxbridge; e devo pedir que imaginem um cômodo, como tantos outros, com uma janela com vista para outras janelas por cima do chapéu das pessoas e de furgões e de carros, e sobre a mesa, dentro do cômodo, uma folha de papel em branco na qual está escrito em letras grandes "As mulheres e a ficção", nada mais. A sequência inevitável a almoçar e jantar em Oxbridge parecia ser, infelizmente, visitar o Museu Britânico. É preciso arrancar o que há de pessoal e acidental em todas essas impressões e assim alcançar o fluido puro, o óleo essencial da verdade. Pois a visita a Oxbridge e o almoço e o jantar despertaram um enxame de perguntas. Por que os homens bebem vinho e as mulheres, água? Por que um sexo é tão próspero e o outro, tão pobre? Que efeito tem a pobreza sobre a ficção? Quais as condições necessárias para a criação de obras de arte? – milhares de perguntas se insinuaram ao mesmo tempo. Mas era preciso respostas, não perguntas; e uma resposta só poderia ser obtida ao consultarmos os eruditos e os imparciais, que se colocaram acima da rivalidade da língua e da confusão do corpo e publicaram o resultado de suas ponderações e pesquisas em livros que podem ser encontrados no Museu Britânico. Se a verdade não for encontrada nas estantes do museu, onde, perguntei-me, apanhando um caderno e um lápis, está a verdade?

Assim munida, assim confiante e inquisitiva, saí em busca da verdade. O dia, embora não chuvoso, estava sombrio, e as ruas da vizinhança do museu estavam repletas de depósitos de carvão abertos, pelos quais os sacos eram despejados; táxis de quatro rodas encostavam e depositavam na calçada caixas amarradas com cordas que continham, presumivelmente, o guarda-roupa completo de alguma família suíça ou italiana em busca de fortuna ou refúgio ou qualquer outra dessas cobiçadas comodidades que podem ser encontradas nas pensões de Bloomsbury no inverno. Os habituais homens de voz rouca desfilavam pela rua, carregando plantas em carrinhos de mão. Alguns gritavam, outros cantavam. Londres parecia uma oficina. Londres parecia uma máquina. Éramos todos jogados de um canto a outro nessa tela lisa para criar alguma estampa. O Museu Britânico era outro departamento da fábrica. As portas de vaivém se abriam, e ali a pessoa parava sob o vasto domo, como se fosse um pensamento em uma fronte careca e imensa, esplendidamente circundada por uma faixa de nomes famosos. Dirigir-se ao balcão, pegar uma tira de papel, abrir um volume do catálogo..... e aqui os cinco pontos indicam cinco minutos exatos de estupefação, deslumbramento e confusão. Vocês têm noção de quantos livros sobre mulheres são escritos no decorrer de um ano? Vocês têm noção de quantos são escritos por homens? Têm ciência de que vocês são talvez o animal mais debatido do universo? Eu tinha vindo com um caderno e um lápis, disposta a passar a manhã lendo, achando que ao fim da manhã eu teria transferido a verdade para o meu caderno. Mas eu precisaria ser uma manada de elefantes, pensei, e uma quantidade imensa de aranhas, numa referência desesperada aos animais com a reputação de viver mais e de ter mais olhos, para estar à altura disto aqui. Eu precisaria de garras de aço e de um bico de latão para ao menos arranhar a superfície. Como eu poderia encontrar os grãos da verdade enterrados em todo esse amontoado de papel?, perguntei-me, e em desespero passei a correr os olhos de alto a baixo pela longa lista de títulos. Até mesmo o título dos livros me dava o que pensar. O sexo e sua natureza podem muito bem atrair médicos e biólogos, mas o que era surpreendente e difícil de explicar era o fato de o sexo – ou seja, as mulheres – atrair também ensaístas agradáveis, romancistas ligeiros, jovens rapazes com título de mestre; homens sem título nenhum; homens sem qualquer qualificação aparente exceto a de não serem mulheres. Alguns desses livros eram, na realidade, frívolos e inoportunos; muitos, por outro lado, eram sérios e proféticos, morais e encorajadores. A simples leitura dos títulos sugeria inúmeros professores, inúmeros clérigos, montando plataformas e púlpitos, apoiando-se em loquacidade que excedia, e muito, o tempo normalmente alocado para esse tipo de discurso sobre esse tipo de assunto. Era um fenômeno dos mais estranhos, e aparentemente – agora eu consultava a letra M – confinado ao sexo masculino. As mulheres não escrevem livros sobre os homens – um fato que eu não podia deixar de encarar com alívio, pois se eu tivesse que primeiro ler tudo o que os homens escreveram sobre as mulheres e depois tudo o que as mulheres escreveram sobre os homens, o aloé que floresce uma vez a cada cem anos teria florescido duas vezes antes que eu pudesse encostar a caneta no papel. Então, fazendo uma escolha perfeitamente arbitrária de uns doze volumes, mandei minhas tiras de papel para a bandeja de arame e esperei em minha cabine, entre outros seres à procura do óleo essencial da verdade.

Qual poderia ser a razão, então, dessa disparidade curiosa?, indaguei, desenhando carrinhos de livros nas tiras de papel fornecidas pelo contribuinte britânico para outras funções. Por que as mulheres são, a julgar por esse catálogo, muito mais interessantes para o homem do que o homem é para as mulheres? Parecia realmente um fato curioso, e minha mente vagou para imaginar a vida dos homens que passavam o tempo escrevendo livros sobre mulheres; se eles eram velhos ou jovens, casados ou não, se tinham o nariz vermelho ou eram corcundas – de todo jeito, era lisonjeiro, de certa forma, sentir-se o objeto de tanta atenção, contanto que não fosse inteiramente concedida pelos aleijados e os enfermos; ponderei sobre isso até que tais pensamentos frívolos foram interrompidos por uma avalanche de livros que escorregava na mesa à minha frente. Aí é que estava o problema. O estudante de Oxbridge treinado em pesquisa tem, sem dúvida, algum método para pastorear sua pergunta para além das distrações até encontrar sua resposta como uma ovelha encontra o redil. O estudante ao meu lado, por exemplo, que copiava furiosamente um manual científico, estava, tenho certeza, extraindo puras pepitas de minério essencial mais ou menos a cada dez minutos. Seus breves grunhidos de satisfação o indicavam. Mas se, infelizmente, a pessoa não tiver o treinamento da universidade, a pergunta, longe de ser pastoreada até o redil, voa como um bando assustado de um lado para outro, numa confusão, perseguida por uma matilha de cães de caça. Professores de universidade ou de colégio, sociólogos, clérigos, romancistas, ensaístas, jornalistas, homens que não tinham nenhuma qualificação exceto a de não serem mulheres, perseguiam minha pergunta, simples e única – Por que algumas mulheres são pobres? –, até que ela se transformasse em cinquenta perguntas, até que as cinquenta perguntas pulassem freneticamente no meio do rio e fossem levadas embora. Todas as páginas do meu caderno estavam rabiscadas com anotações. Para demonstrar o meu estado de espírito, lerei algumas delas para vocês, esclarecendo que o cabeçalho da página era simplesmente AS MULHERES E A POBREZA, em letras maiúsculas, mas o que vinha a seguir era algo assim:

Condições na Idade Média das,

Hábitos nas ilhas Fiji das,

Adoradas como deusas por,

Mais fracas do ponto de vista moral do que,

Idealismo das,

Grandes escrúpulos das,

Habitantes das ilhas dos mares do Sul, idade da puberdade entre,

Atratividade das,

Oferecidas como sacrifício a,

Tamanho pequeno do cérebro das,

Subconsciente profundo das,

Menos pelos no corpo das,

Inferioridade mental, moral e física das,

Amor dos filhos das,

Maior duração da vida das,

Músculos mais fracos das,

Força das afeições das,

Vaidade das,

Ensino mais avançado das,

Opinião de Shakespeare sobre,

Opinião de lorde Birkenhead sobre,

Opinião do deão Inge sobre,

Opinião de La Bruyère sobre,

Opinião do doutor Johnson sobre,

Opinião do senhor Oscar Browning sobre...

Aqui tomei fôlego e acrescentei, de fato, à margem, "por que Samuel Butler afirma que 'os homens sábios nunca dizem o que pensam das mulheres'?" Aparentemente, os homens sábios não dizem mais nada. Mas, continuei, ao me recostar na cadeira e fitar o vasto domo em meio ao que agora era um único – mas de alguma forma acossado – pensamento, o azar é que os sábios nunca pensam a mesma coisa sobre as mulheres. Veja-se Pope: "A maioria das mulheres não tem nenhum caráter". E La Bruyère: "As mulheres são o extremo: elas são melhores ou piores do que os homens", uma contradição clara entre dois observadores mordazes que eram contemporâneos. Elas são capazes de aprender ou incapazes? Napoleão achava que eram incapazes. O doutor Johnson pensava o contrário.[1] Teriam alma ou não? Alguns selvagens dizem que elas não têm. Outros, por outro lado, afirmam que as mulheres são metade divinas e as idolatram por isso.[2] Alguns sábios declaram que o cérebro delas é mais superficial; outros, que sua consciência é mais profunda. Goethe as honrava; Mussolini as desprezava. Para onde se olhasse, os homens pensavam sobre as mulheres, e pensavam diversamente. Era impossível encontrar sentido em tudo aquilo, decidi, olhando de relance com inveja para o leitor ao lado, que fazia os resumos mais apresentáveis, encabeçados quase sempre por um A ou um B ou um C, enquanto o meu caderno se amotinava

[1] "'Os homens sabem que as mulheres não são páreo para eles, e por isso escolhem as mais fracas ou as mais ignorantes. Se não pensassem assim, não teriam medo de as mulheres saberem tanto quanto eles.' [...] Fazendo justiça ao sexo, acho justo reconhecer que, em uma conversa posterior, ele me disse que estava falando sério sobre o assunto." Boswell, *The Journal of a Tour to the Hebrides*. (N. da A.)

[2] "Antigamente os alemães acreditavam que havia algo de sagrado nas mulheres e portanto consultavam-nas como a oráculos." Frazer, *The Golden Bough*. (N. da A.)

com os mais selvagens rabiscos de lembretes contraditórios. Era desolador, era desconcertante, era humilhante. A verdade tinha escorrido pelos meus dedos. Todas as gotas tinham escapado.

Eu não poderia voltar para casa, refleti, e acrescentar como uma contribuição séria para os estudos sobre mulheres e ficção que as mulheres têm menos pelo no corpo que os homens ou que a puberdade entre os habitantes das ilhas dos mares do Sul ocorre aos nove – ou será noventa? Até mesmo minha letra se tornara indecifrável em meio à distração. Era vergonhoso não ter nada de peso ou respeitável para mostrar depois de uma manhã inteira de trabalho. Se eu não conseguisse descobrir a verdade sobre o passado de M. (em nome da brevidade, foi assim que passei a chamá-la), por que se importar com o futuro de M.? Parecia uma total perda de tempo consultar todos aqueles senhores especializados em mulheres e os efeitos delas sobre o que quer que fosse – política, filhos, salários, moralidade –, por mais numerosos e letrados que fossem. Era melhor nem abrir tais livros.

Mas, enquanto ponderava, eu tinha, inconscientemente, por desatenção, por desespero, criado um cenário em que deveria estar, assim como meu vizinho, escrevendo uma conclusão. Estivera desenhando um rosto, uma silhueta. Eram o rosto e a silhueta do professor Von X, ocupado com a redação de seu grandioso trabalho intitulado *A inferioridade mental, moral e física do sexo feminino*. Ele não era, no meu desenho, um homem atraente para as mulheres. Tinha compleição robusta e mandíbulas largas; para equilibrar, olhos pequeninos e um rosto muito vermelho. Sua expressão indicava que ele trabalhava sob uma emoção tão forte que o fazia espetar a pena no papel como se estivesse matando um inseto pernicioso enquanto escrevia; mas, mesmo quando já o tinha matado, isso não o satisfazia; ele precisava continuar com a matança, e ainda assim restava algum motivo para a raiva e a irritação. Seria a esposa dele?, perguntei-me, olhando para o desenho. Estaria ela apaixonada por um oficial da cavalaria? Seria o oficial da cavalaria esbelto e elegante, vestido em pele de cordeiro? Teria sido ele motivo de riso na infância, para adotar a teoria freudiana, por parte de uma garota bonitinha? Porque mesmo na infância o professor, pensei, não poderia ter sido uma criança bonita. Qualquer que fosse a razão, o professor foi talhado para parecer muito bravo e muito feio no meu desenho ao escrever seu grande livro sobre a inferioridade mental, moral e física das mulheres. Fazer desenhos foi um jeito preguiçoso de encerrar uma manhã de trabalho improdutiva. Ainda assim é no ócio, nos sonhos, que a verdade submersa às vezes vem à tona. Um exercício bastante elementar da psicologia – que não se digna a ser chamado de psicanálise – mostrou-me, ao olhar para o caderno, que o desenho do professor raivoso tinha sido feito com raiva. A raiva tinha arrebatado o meu lápis enquanto eu sonhava. Mas o que fazia a raiva ali? Interesse, confusão, divertimento, tédio – todas essas emoções eu conseguia rastrear e identificar conforme se sucederam durante a manhã toda. Teria a raiva, essa cobra negra, estado à espreita entre elas? Sim, respondeu o desenho, a raiva assim estivera. Ela aludia sem equívocos àquele livro, àquela frase específica, que despertara o demônio; tinha sido a declaração do professor sobre a inferioridade mental, moral e física das mulheres. Meu coração parara. Minhas faces queimaram. Eu corara de raiva. Não havia nada de marcante, ainda que estúpido, naquilo. Uma pessoa não gosta de ouvir que é naturalmente inferior a um homenzinho – olhei para o estudante perto de mim – que respira com dificuldade, usa uma gravata com o nó pronto e não se barbeou na noite passada. As pessoas têm algumas vaidades bobas. É da natureza humana, refleti, e passei a desenhar rodas e círculos ao redor do rosto do professor raivoso até que ele ficasse parecido com um arbusto em chamas ou um cometa flamejante – ou seja, uma aparição sem qualquer semelhança humana ou significado. O professor agora não era nada além de um feixe de varas queimando no topo do Hampstead Heath. Logo minha raiva foi explicada e resolvida, mas a curiosidade permaneceu. Como explicar a raiva dos professores? Por que eles estavam raivosos? Analisando-se as impressões deixadas por esses livros, notava-se sempre um quê de fúria. Essa fúria adquiria diversas formas; mostrava-se na sátira, no sentimento, na curiosidade, na reprovação. Mas havia ainda outro elemento que estava sempre presente, porém não fora identificado de pronto. Raiva, clamei. Mas a raiva fora para os subterrâneos e mesclara-se com todos os outros tipos de emoção. A julgar por seus efeitos estranhos, era uma raiva complexa e disfarçada, não uma raiva pura e simples.

Qualquer que seja a razão, todos esses livros, pensei, ao escrutinar a pilha sobre a mesa, são inúteis para o meu propósito. São inúteis do ponto de vista científico, quero dizer, apesar de sob o ponto de vista humano serem repletos de instruções, interesses, tédio e fatos muito esquisitos sobre os hábitos dos ilhéus de Fiji.

Eles tinham sido escritos no afã do momento e não na tranquilidade da verdade. Por isso, precisavam ser devolvidos para o bibliotecário e recolocados cada um em sua célula nessa enorme colmeia. Tudo o que eu havia obtido no trabalho daquela manhã tinha sido um único ato de raiva. Os professores – coloquei-os juntos neste caso – estavam com raiva. Mas por quê, perguntei a mim mesma, depois de ter devolvido os livros, por quê, repeti, parada sob a colunata entre pombos e canoas pré-históricas, por que eles estão com raiva? E, fazendo a mim mesma essa pergunta, vaguei em busca de um lugar para almoçar. Qual é a verdadeira natureza do que por ora chamo de a raiva deles?, perguntei. Eis aqui um enigma que perdurará por todo o tempo que se leva para a comida ser servida em um pequeno restaurante perto do Museu Britânico. O cliente anterior tinha deixado a edição daquele dia do jornal vespertino sobre a cadeira, e, esperando para ser servida, eu passei a ler as manchetes distraidamente. Uma faixa com letras muito grandes ocupava toda a página. Alguém tinha feito algo muito importante na África do Sul. Faixas menores anunciavam que Sir Austen Chamberlain estava em Genebra. Um machado de cortar carne havia sido encontrado em um porão, com cabelo humano. O senhor Juiz ________ fez um comentário na Vara de Divórcios sobre a Falta de Vergonha das Mulheres. Salpicados pelo jornal viam-se outros fragmentos de notícias. Uma atriz de cinema fora colocada à beira de um precipício na Califórnia e suspensa em pleno ar. O tempo ia ficar nevoento. Mesmo o visitante mais transitório deste planeta, pensei, que apanhasse este jornal não conseguiria deixar de notar, mesmo a partir desses testemunhos dispersos, que a Inglaterra está sob as regras de um patriarcado. Ninguém em seu juízo perfeito conseguiria ignorar a predominância do professor. Dele eram o poder e o dinheiro e a influência. Ele era o dono do jornal e seu editor e subeditor. Ele era o secretário de Relações Exteriores e o juiz. Ele era o jogador de críquete; ele era o dono dos cavalos de corrida e dos iates. Ele era o diretor da empresa que paga duzentos por cento a seus acionistas. Ele deixou milhões para fundações de caridade e faculdades dirigidas por si mesmo. Ele suspendeu a atriz de cinema em pleno ar. Ele vai decidir se o cabelo encontrado no machado de cortar carne é humano; é ele quem vai inocentar ou condenar o assassino, e enforcá-lo ou colocá-lo em liberdade. Com exceção do nevoeiro, ele parece controlar tudo. Ainda assim, ele estava com raiva. Eu sabia que estava com raiva por esses sinais. Quando li o que escreveu sobre as mulheres, pensei não no que ele estava dizendo, mas nele mesmo. Quando um argumentador argumenta sem paixão, ele pensa somente no argumento, e o leitor não pode deixar de pensar no argumento também. Se ele tivesse escrito sem paixão sobre as mulheres, se tivesse usado provas indiscutíveis para construir seu argumento e não tivesse mostrado indícios de que o resultado deveria ser um em vez de outro, também não ficaríamos com raiva. Teríamos aceitado o fato, como aceitamos o fato de uma ervilha ser verde e um canário, amarelo. Que assim seja, eu deveria ter dito. Mas eu tinha ficado com raiva porque ele estava com raiva. Ainda assim parecia absurdo, pensei, folheando o jornal vespertino, que um homem com todo esse poder estivesse com raiva. Ou, ponderei, a raiva é de alguma forma o usual, o espírito auxiliar do poder? Os ricos, por exemplo, ficam bravos com frequência porque desconfiam que os pobres querem se apoderar de sua riqueza. Os professores, ou patriarcas, como talvez seja mais acurado chamá-los, devem estar em parte com raiva por essa razão, mas em parte por causa de algo que se encontra um pouco menos óbvio e à vista. É possível que eles não estejam com raiva, no fim das contas; com frequência, é verdade, eles estavam admirando, devotados, amostras de relações da vida privada. É possível que, quando o professor insistiu de forma um pouco enfática na inferioridade das mulheres, ele estivesse preocupado não com a inferioridade delas, mas com sua própria superioridade. Era isso o que ele estava protegendo de maneira um tanto destemperada e com tanta ênfase, porque era para ele uma joia do mais raro valor. A vida para ambos os sexos – e olhei para os dois, acompanhando o caminho deles pela calçada – é árdua, difícil, uma luta perpétua. Requer coragem e força gigantescas. Mais que qualquer coisa, talvez, criaturas da ilusão como somos, ela requer confiança em si mesmo. Sem autoconfiança, somos como bebês no berço. E de que modo podemos adquirir essa qualidade imponderável, que também é tão inestimável, o mais rápido possível? Pensando que as outras pessoas são inferiores. Sentindo que temos uma superioridade inata – pode ser riqueza, *status*, um nariz perfeito ou o retrato de um avô feito por Romney; os artifícios da imaginação humana não têm fim – sobre os outros. Por isso a enorme importância para o patriarcado de ter de conquistar, ter de governar, de achar que um grande número de pessoas, metade da raça humana, na verdade, é por natureza inferior. Deve ser realmente uma das principais fontes de seu poder. Mas deixe-me iluminar a vida real com a luz dessa observação, pensei. Isso ajuda a explicar alguns dos enigmas psicológicos que são encontrados às margens do cotidiano? Explica o meu espanto, outro dia, quando Z., homem bastante humano e modesto, ao apanhar um livro escrito por Rebecca West e ler um trecho, exclamou: "É uma feminista completa! Diz que os homens são uns esnobes!"[1] A exclamação, tão surpreendente para mim – pois, por que a senhorita West era uma feminista completa ao fazer uma afirmação possivelmente verdadeira, ainda que descortês, sobre o outro sexo? –, não era só o brado da vaidade ferida; era um protesto contra a violação do poder de acreditar em si mesmo. As mulheres têm servido há séculos como espelhos, com poderes mágicos e deliciosos de refletir a figura do homem com o dobro do tamanho natural. Sem esse poder, provavelmente a terra ainda seria pântanos e selvas. As glórias de todas as nossas guerras seriam desconhecidas. Estaríamos ainda rabiscando o contorno de gamos em restos de ossos ovinos e trocando sílex por pele de cordeiro ou qualquer ornamento simples que despertasse

[1] Rebecca West é o pseudônimo da novelista, ensaísta e crítica literária Cicely Isabel Fairfield (1892-1983), conhecida por suas opiniões feministas. Supõe-se que Z. refira-se ao crítico Desmond MacCarthy, dado o excerto do diário de Woolf presente nesta edição: "Deliciei-me com o fato de que, quando Rebecca West diz 'os homens são uns esnobes', ela consegue irritar Desmond instantaneamente". (N. da E.)

nosso gosto sem sofisticação. Super-Homens e Dedos do Destino[1] nunca teriam existido. O tsar e o cáiser nunca teriam usado coroa nem a teriam perdido. Seja qual for o seu uso nas sociedades civilizadas, os espelhos são essenciais para todas as ações violentas e heroicas. É por isso que tanto Napoleão quanto Mussolini insistiam tão enfaticamente na inferioridade das mulheres, pois, se elas não fossem inferiores, eles deixariam de crescer. Isso explica, em parte, a necessidade que as mulheres representam para os homens. E serve para explicar como eles ficam incomodados com as críticas delas; como é impossível para elas dizerem que tal livro é ruim, tal quadro é medíocre, ou o que quer que seja, sem infligir muito mais tormento e despertar muito mais raiva do que um homem teria causado ao fazer a mesma crítica. Pois se ela resolver falar a verdade, a figura refletida no espelho encolherá; sua disposição para a vida diminuirá. Como ele continuará a fazer julgamentos, civilizar nativos, criar leis, escrever livros, vestir-se bem e discursar em banquetes, a menos que consiga ver a si mesmo no café da manhã e no jantar com pelo menos o dobro do tamanho que realmente tem? Então refleti, partindo meu pão e mexendo o café e olhando de vez em quando para as pessoas na rua. A alegoria do espelho é de importância suprema porque recarrega a vitalidade, estimula o sistema nervoso. Exclua isso e o

---

[1] No original, *"Fingers of Destiny"*. Há um filme de mesmo nome, lançado em 1914 e dirigido por Charles Raymond, mas não está claro a que Woolf se refere. (N. da T.)

homem morre, como o viciado em cocaína quando privado da droga. Sob o encanto daquela ilusão, pensei, olhando pela janela, metade das pessoas na calçada está andando a passos largos para o trabalho. Esses homens colocam o chapéu e vestem o casaco sob os raios agradáveis da manhã. Eles começam o dia confiantes, seguros, acreditando serem esperados para o chá na casa da senhorita Smith; dizem a si mesmos, enquanto adentram o cômodo, sou superior à metade das pessoas aqui, e é por isso que eles falam com aquela autoconfiança, aquela autoafirmação que causou consequências tão profundas na vida pública e levou a anotações tão curiosas na margem da mente privada.

Mas essas contribuições para o assunto perigoso e fascinante da psicologia do outro sexo – algo que, espero, vocês investiguem quando tiverem os seus quinhentos anos – foram interrompidas pela necessidade de pagar a conta. Resultou em cinco xelins e nove *pence*. Dei ao garçom uma nota de dez xelins e ele foi buscar o troco. Havia outra nota de dez xelins na minha bolsa, notei, porque sempre me assombra o poder de a minha bolsa dar cria automaticamente a notas de dez xelins. Abro-a e lá estão elas. A sociedade me dá frango e café, cama e abrigo, em troca de um número determinado de pedaços de papel que me foram deixados por uma tia pela simples razão de eu compartilhar seu sobrenome.

Minha tia, Mary Beton, devo lhes dizer, morreu em razão de uma queda quando cavalgava para tomar ar em Bombaim. A notícia do legado chegou a mim uma noite quase ao mesmo tempo em que foi aprovado o decreto permitindo que as mulheres votassem. A carta de um advogado caiu em minha caixa postal, e, quando a abri, descobri que ela tinha me deixado quinhentas libras por ano para sempre. Dos dois – o voto e o dinheiro –, o dinheiro, reconheço, parecia infinitamente mais importante. Antes disso, eu ganhava dinheiro mendigando trabalhos ocasionais nos jornais, escrevendo sobre um espetáculo aqui ou um casamento ali; ganhei algumas libras endereçando envelopes, lendo para senhoras idosas, fazendo flores artificiais, ensinando o á-bê-cê para crianças do jardim da infância. Eram essas as principais ocupações disponíveis para as mulheres antes de 1918. Não é preciso, receio eu, descrever em detalhes a severidade do trabalho, porque talvez vocês conheçam mulheres que o tenham desempenhado, nem a dificuldade de sobreviver do dinheiro que se ganha, porque talvez vocês tenham tentado. Mas o que persistia comigo como uma aflição pior que ambas era o veneno do medo e da amargura que aqueles dias deixaram em mim. Para começo de conversa, realizar o tempo todo um trabalho que não se deseja fazer, e realizá-lo como um escravo, bajulando e adulando, talvez não necessariamente, mas parecia necessário, e as apostas eram muito altas para correr riscos; e então a ideia de aquele presente singular, difícil de esconder – pequeno mas precioso para seu dono –, perecer e, com ele, eu mesma, minha alma... tudo isso transformou-se em ferrugem que consumia a florada da primavera e destruia a essência das árvores. Todavia, como dizia, minha tia morreu, e sempre que troco uma nota de dez xelins um pouco daquela ferrugem e corrosão é raspada; o medo e a amargura se vão. Realmente, pensei, guardando o troco na bolsa e recordando a amargura daqueles dias, é notável a mudança de humor que uma renda fixa consegue causar. Nada no mundo pode tirar de mim as quinhentas libras que me pertencem. Comida, casa e vestimentas são minhas para sempre. Portanto, não somente cessam o esforço e o trabalho, mas também o ódio e a amargura. Não preciso odiar homem nenhum; eles não podem me fazer mal. Não preciso bajular homem nenhum; eles não têm nada para me dar. Assim, imperceptivelmente, vi-me adotando uma nova atitude em relação à outra metade da raça humana. Era absurdo culpar qualquer classe ou qualquer sexo por si só. Os grandes grupos de pessoas nunca são responsáveis pelo que fazem. São guiados por instintos que não estão sob seu controle. Também eles, os patriarcas, os professores, tinham dificuldades sem fim, obstáculos terríveis para combater. A sua educação também tinha sido em alguns aspectos tão falha quanto a minha. Deixara neles grandes defeitos também. Verdade, eles tinham dinheiro e poder, mas à custa de aninhar no peito uma águia, um urubu, pois para cada fígado rasgado e pulmão arrancado... o instinto de possuir, a fúria de adquirir as terras e os bens de outras pessoas permanentemente; estabelecer fronteiras e bandeiras; navios de guerra e gases venenosos; oferecer a própria vida e a vida dos filhos. Ande pelo Admiralty Arch (eu tinha chegado ao monumento) ou por qualquer outra avenida entregue a troféus e canhões e reflita sobre que espécie de glória é homenageada ali. Ou acompanhe, sob o sol da primavera, o corretor de valores e o advogado entrarem porta adentro para ganhar dinheiro, mais dinheiro e mais dinheiro quando a verdade é que quinhentas libras por ano mantêm uma pessoa viva neste mundo. São instintos desagradáveis de se abrigar, refleti. São criados a partir das condições da vida, da falta de civilização, pensei, olhando para a estátua do duque de Cambridge, e em particular para as penas de seu chapéu em riste, com uma fixação que jamais tinha experimentado antes. E, conforme compreendi esses obstáculos, aos poucos o medo e a amargura transformaram-se em pena e tolerância; depois, em um ano ou dois, a pena e a tolerância se foram, e a maior de todas as libertações veio, que é a liberdade de pensar nas coisas em si. Aquele prédio, por exemplo, gosto dele ou não? Aquele quadro é bonito ou não? Aquele livro é, na minha opinião, bom ou ruim? Deveras, o legado da minha tia revelou os céus para mim e substituiu a figura grande e impositiva de um cavalheiro, que Milton recomendava para minha adoração perpétua, por uma vista do céu aberto.

Dessa forma, pensando e especulando, voltei à minha casa à beira do rio. As luzes se acendiam, e uma mudança indescritível ocorrera em Londres desde a manhã. Era como se a grande máquina, depois de trabalhar o dia todo, tivesse feito com a nossa ajuda alguns metros de um pano muito empolgante e bonito – um pedaço de tecido flamejante com olhos vermelhos, um monstro fulvo rugindo com bafo quente. Até o vento parecia arrebatar-se com força como uma bandeira conforme chicoteava as casas e atabalhoava os tapumes.

Na minha ruazinha, porém, a cena doméstica prevalecia. O pintor de casas baixava a escada; a ama-seca empurrava o carrinho de bebê com cuidado, de volta para o chá, o carregador de carvão dobrava os sacos vazios um em cima do outro, a mulher da quitanda somava a féria do dia com as mãos calçadas de mitenes vermelhas. Mas tão absorvida estava eu com a questão que vocês colocaram sobre os meus ombros que não conseguia ver essas cenas comuns sem relacioná-las a um centro. Pensei em como era muito mais difícil agora do que deveria ter sido há um século dizer qual desses empregos é superior, o mais necessário. É melhor ser um carregador de carvão ou uma ama-seca; teria a faxineira que criou oito filhos menos valor para o mundo do que o advogado que juntou cem mil libras? É inútil fazer essas perguntas porque ninguém consegue responder a elas. Não só o valor relativo de faxineiras e advogados aumenta e diminui a cada década como não temos ferramentas para medi-los como são no momento. Fui tola de pedir ao meu professor que me munisse de provas irrefutáveis disso ou daquilo na discussão dele sobre as mulheres. Ainda que alguém pudesse mensurar o valor do dom de qualquer pessoa neste momento, esses valores mudariam; daqui a um século muito possivelmente eles terão mudado por completo. Mais ainda, daqui a cem anos, pensei ao chegar à soleira da minha porta, as mulheres não mais serão o sexo protegido. É lógico que elas farão parte de todas as atividades e dos esforços que um dia lhes foram negados. A ama-seca carregará carvão. A dona da loja conduzirá uma locomotiva. Todas as hipóteses fundamentadas nos fatos observados quando as mulheres eram o sexo protegido vão desaparecer – como, por exemplo (nesse momento, um esquadrão de soldados marchou rua abaixo), a de que as mulheres, os clérigos e os jardineiros vivem mais do que as outras pessoas. Remova-se essa proteção, exponha-as aos mesmos esforços e atividades, transforme-as em soldados, marinheiros, condutores de locomotivas e estivadores e as mulheres morrerão muito mais jovens e muito mais rápido do que os homens, a ponto de alguém dizer "Vi uma mulher hoje" como se dizia "Vi um avião". Qualquer coisa pode acontecer quando ser mulher deixar de ser uma ocupação protegida, pensei, abrindo a porta. Mas que propósito tem tudo isso em relação ao assunto do meu ensaio, "As mulheres e a ficção"?, perguntei, entrando em casa.

3

Foi decepcionante voltar para casa à noite sem trazer algum argumento importante, algum fato autêntico – as mulheres são mais pobres do que os homens por causa disso ou daquilo. Por ora, talvez fosse melhor desistir da busca pela verdade e receber na cabeça uma avalanche de opiniões quentes como lava, desbotadas como água de lavagem. Seria melhor fechar as cortinas; afastar as distrações; acender o abajur; restringir a pesquisa e pedir ao historiador – que não registra opiniões, mas fatos – que descreva as condições em que as mulheres viviam, não através dos séculos, mas na Inglaterra, digamos, no tempo de Elisabete.

Porque é um enigma perene a razão pela qual nenhuma mulher jamais escreveu qualquer palavra de uma literatura extraordinária quando todo homem, ao que parece, é capaz de uma canção ou de um soneto. Quais eram as condições em que as mulheres viviam?, perguntei a mim mesma; a ficção, quer dizer, o trabalho imaginativo, não cai como uma pedra no chão, como na ciência; ficção é como uma teia de aranha, presa por muito pouco, mas ainda assim presa à vida pelos quatro cantos. Muitas vezes estar preso é quase imperceptível. As peças de Shakespeare, por exemplo, parecem completamente suspensas quase que por si sós. Mas quando a teia é puxada meio de lado, enganchada pela borda, rasgada na metade, é que se lembra que elas não são tecidas em pleno ar por criaturas incorpóreas; essas teias são o resultado do sofrimento de seres humanos e estão inteiramente presas a coisas materiais, como saúde, dinheiro e a casa onde se mora.

Dirigi-me, portanto, para a prateleira onde ficam as histórias e peguei uma das últimas, a *História da Inglaterra*, do professor Trevelyan. Uma vez mais eu procurei "mulheres"; encontrei "posição das", e abri as páginas indicadas. "Bater na esposa", li, "era um direito reconhecido do homem, praticado sem embaraço tanto por ricos quanto por pobres [...] Da mesma forma", o historiador continua, "a filha que se recusasse a casar com o cavalheiro da escolha de seus pais estaria sujeita a ser presa, espancada e jogada de um lado para outro sem que isso chocasse a opinião pública. O casamento não era uma questão de afeição pessoal, mas de cobiça familiar, particularmente nas altas classes cavalheirescas [...] Os noivados geralmente ocorriam quando um ou os dois nubentes ainda estavam no berço; e o casamento, quando mal tinham deixado os cuidados das babás." Isso era 1470, pouco depois do tempo de Chaucer. A próxima referência à posição das mulheres data de uns duzentos anos mais tarde, na época dos Stuarts. "Ainda era uma exceção as mulheres das classes média e alta escolherem o próprio marido, e, quando o marido tivesse sido designado, tornava-se amo e senhor, pelo menos até onde a lei e os costumes o fizessem assim. Mas ainda assim", o professor Trevelyan concluía, "nem as mulheres em Shakespeare nem as autênticas retratadas em memórias do século XVII, como as Verneys e as Hutchinsons, pareciam carecer de personalidade e temperamento." Certamente, se levarmos isso em consideração, Cleópatra devia ter seu próprio jeito para as coisas; Lady Macbeth, é de se supor, tinha suas vontades; Rosalinda, pode-se concluir, era uma moça atraente. O professor Trevelyan falava nada mais que a verdade ao observar que as mulheres em Shakespeare não pareciam carecer de personalidade e temperamento. Quem não é historiador poderá ir além e dizer que as mulheres têm brilhado como um farol em todos os trabalhos de todos os poetas desde o princípio dos tempos – Clitemnestra, Antígona, Cleópatra, Lady Macbeth, Fedra, Cressida, Rosalinda, Desdêmona, a duquesa de Malfi, entre os dramaturgos; e entre os escritores de prosa: Millamant, Clarissa, Becky Sharp, Ana Kariênina, Emma Bovary, Madame de Guermantes – os nomes afluem à mente e também não evocam mulheres que "carecem de personalidade e temperamento". De fato, se a mulher não existisse a não ser na ficção escrita por homens, era de se imaginar que ela fosse uma pessoa da maior importância; muito variada; heroica e cruel, esplêndida e sórdida; infinitamente bela e horrenda ao extremo; tão grandiosa como um homem, para alguns até mais grandiosa.[1] Mas isso é a mulher na ficção. Na vida real, como o professor Trevelyan apontou, ela era trancada, espancada e jogada de um lado para outro.

Assim, surge um ser muito complexo e esquisito. É de se imaginar que ela seja da maior importância; na prática, ela é completamente insignificante. Ela permeia a poesia de capa a capa; está sempre presente na história. Domina a vida de reis e conquistadores na ficção; na vida real, era a escrava de qualquer garoto cujos pais lhe enfiassem um anel no dedo. Algumas das palavras mais inspiradas, alguns dos pensamentos

[1] "Permanece um fato estranho e inexplicável que na cidade de Atenas, onde as mulheres eram mantidas em opressão quase oriental como odaliscas ou escravas, o teatro tenha produzido personagens como Clitemnestra, Cassandra Atossa, Antígona, Fedra, Medeia e todas as outras heroínas que dominaram peça atrás de peça escrita pelo 'misógino' Eurípides. Mas o paradoxo deste mundo, onde na vida real uma mulher respeitável mal pode se mostrar sozinha em público, e ainda assim no palco a mulher se iguala ao homem ou o supera, nunca foi explicado de modo satisfatório. Nas tragédias modernas, existe a mesma predominância. Em todos os casos, uma visão bastante superficial do trabalho de Shakespeare (da mesma forma no caso de Webster, mas não com Marlowe ou Jonson) é suficiente para revelar que esse controle, essa iniciativa por parte das mulheres, predomina de Rosalinda a Lady Macbeth. Assim como em Racine: seis de suas tragédias levam o nome de suas heroínas; e qual de seus personagens masculinos seria páreo para Hermione e Andrômaca, Berenice e Roxane, Fedra e Atália? E de novo com Ibsen: que homens podemos equiparar a Solveig e Nora, Heda e Hilda Wangel e Rebecca West?" F. L. Lucas, *Tragedy*, pp. 114-5. (N. da A.)

mais profundos da literatura vieram de seus lábios; na vida real, ela pouco conseguia ler, mal conseguia soletrar e era propriedade do marido.

Era certamente um monstro singular aquele imaginado por quem lesse primeiro os historiadores e depois os poetas – um verme alado como uma águia; o espírito da vida e da beleza em uma cozinha, picando banha. Mas esses monstros, ainda que agradáveis à imaginação, não existem no plano real. O que alguém precisaria fazer para trazer a mulher à vida era pensar de forma poética e prosaica ao mesmo tempo, mantendo-se assim em contato com a realidade – que ela é a senhora Martin, tem trinta e seis anos, está vestida de azul, usa chapéu preto e sapatos marrons. Mas sem perder de vista a ficção – que ela é o receptáculo para o qual todo tipo de espíritos e forças ruma e pelo qual passa rápida e perpetuamente. No momento, porém, em que alguém experimenta esse método com a mulher elisabetana, uma parte da iluminação se perde; a pessoa se depara com a escassez dos fatos. Não se sabe nenhum detalhe, nada realmente verdadeiro e sólido. A história sequer a menciona. E recorro ao professor Trevelyan mais uma vez para entender o que a história significa para ele. Descubro, ao olhar para o nome dos capítulos, que significa "A corte feudal e os métodos de agricultura em campo aberto... As cistercienses e a criação de ovelhas... As Cruzadas... A universidade... A Câmara dos Comuns... A Guerra dos Cem Anos... A Guerra das Rosas... Os intelectuais do Renascimento... A dissolução dos mosteiros... Disputa agrária e religiosa... A origem do poder marítimo inglês... A Armada...", e assim por diante. De vez em quando, um indivíduo feminino é mencionado, uma Elisabete ou uma Maria, uma rainha ou uma grande dama. Mas em hipótese alguma as mulheres de classe média com nada a seu favor além de cérebro e caráter poderiam ter feito parte de qualquer um dos grandes movimentos que, todos reunidos, constituem a visão do historiador sobre o passado. Tampouco a encontraremos em uma seleção de anedotas. Aubrey mal a menciona. Ela nunca escreve sobre a própria vida e raramente mantém um diário; restou apenas um punhado de suas cartas. Não deixou peças de teatro ou poemas pelos quais pudéssemos julgá-la. O que se quer, pensei – e por que razão algum aluno brilhante de Newnham ou Girton não providencia isto? –, é um grande número de informações: com que idade ela se casou; cerca de quantos filhos tinha; como era a sua casa?; teria ela um espaço só seu?; ela cozinhava?; era possível que tivesse uma empregada? Todos esses fatos jaziam em algum lugar, presumivelmente em registros paroquiais e livros de cartório; a vida da mulher elisabetana comum deve estar espalhada por aí, em algum lugar, para ser recolhida e transformada em livro. Seria uma ambição à qual não me atrevo, pensei, ao procurar nas prateleiras por livros que não estavam lá, sugerir para os alunos daquelas universidades famosas que reescrevessem a história, ainda que, para mim, com frequência ela pareça estranha como é, irreal, desequilibrada; mas por que eles não poderiam acrescentar um suplemento à história, dando a ele, lógico, um nome imperceptível, de modo que as mulheres pudessem nele figurar sem impropriedades? Porque com frequência nós as vislumbramos na vida dos grandes, em movimentos rápidos nos bastidores, acho que às vezes mascarando uma piscadela, um riso, talvez uma lágrima. No fim das contas, já obtivemos o suficiente de Jane Austen; parece pouco necessário mencionar de novo a influência das tragédias de Joanna Baillie sobre a poesia de Edgar Allan Poe; por mim, pouco me importaria se as casas e os lugares frequentados por Mary Russell Mitford ficassem fechados para o público durante pelo menos um século. Mas o que acho deplorável, continuei, olhando para as prateleiras de novo, é que nada se saiba sobre as mulheres antes do século XVIII. Não tenho um modelo sequer para me basear nisso ou naquilo. Aqui estou eu, perguntando-me por que as mulheres não escreviam poesia durante a era elisabetana, e não tenho certeza de como elas eram educadas; se alguém as ensinava a escrever; se possuíam salas próprias; quantas mulheres tinham filhos antes dos vinte e um anos; o que, em resumo, elas faziam das oito da manhã até as oito da noite. Elas não tinham dinheiro, é evidente; de acordo com o professor Trevelyan, elas se casavam, querendo ou não, antes mesmo de sair dos cueiros, provavelmente aos quinze ou dezesseis anos. Teria sido extremamente incomum, mesmo considerando essa demonstração, que inesperadamente uma delas tivesse escrito as peças de Shakespeare, concluí, e pensei naquele velho senhor já falecido, mas que era um bispo, acho, que declarou ser impossível que alguma mulher no passado, presente ou futuro, tivesse a genialidade de Shakespeare. Ele escreveu nos jornais sobre isso. Ele também disse a uma senhora, que o procurara em busca de informações, que os gatos, na verdade, não vão para o céu, ainda que, acrescentou, tenham uma alma boa. De quantas ideias esses velhos senhores não se utilizam para que uma se salve! Como as fronteiras da ignorância se encolhiam quando eles se aproximavam! Os gatos não vão para o céu. As mulheres não conseguem escrever as peças de Shakespeare.

Seja como for, não consigo parar de pensar, enquanto olho para as obras de Shakespeare na prateleira, que o bispo estava certo, ao menos nisto: teria sido impossível, absoluta e inteiramente, para qualquer mulher ter escrito as peças de Shakespeare na época de Shakespeare. Deixe-me imaginar, já que os fatos são tão difíceis de apurar, o que teria acontecido se Shakespeare tivesse tido uma irmã incrivelmente talentosa chamada, digamos, Judith. O próprio Shakespeare frequentou, é provável – sua mãe era uma herdeira –, a escola, onde aprendeu latim – Ovídio, Virgílio e Horácio – e os elementos da gramática e da lógica. Ele era, como se sabe, um garoto traquinas, que cozinhava coelhos e talvez atirasse em veados, e se casou, mais cedo do que devia, com uma mulher da vizinhança, que, mais rápido do que o normal, lhe deu um filho. Essa escapada levou-o a sair em busca da sorte em Londres. Ele tinha, ao que parecia, um pendor para o teatro; começou cuidando dos cavalos na entrada do palco. Logo passou a trabalhar no teatro, tornando-se um ator de sucesso, e a viver no centro do universo, encontrando todo mundo, conhecendo todo mundo, praticando sua arte nos cartazes, exercitando suas habilidades nas ruas, ganhando até mesmo acesso ao palácio da rainha. Enquanto isso, sua talentosa e extraordinária irmã, é de se supor, ficava em casa. Ela era tão aventureira, tão imaginativa, tão impaciente para conhecer o mundo quanto ele. Mas ela não frequentou a escola. Não teve a oportunidade de aprender gramática e lógica, que dirá de ler Horácio e Virgílio. Apanhava um livro de vez em quando, talvez um dos de seu irmão, e lia algumas páginas. Mas logo seus pais surgiam e ordenavam que fosse coser as meias ou cozer o guisado e não mexesse em livros e papéis. Eles teriam sido firmes, mas gentis, porque eram pessoas abastadas, cientes das condições da vida reservadas à mulher, e amavam a filha – na verdade, ela seria a menina dos olhos do papai. Talvez rabiscasse algumas páginas em um pequeno sótão às escondidas, mas tinha o cuidado de escondê-las ou queimá-las. Em breve, porém, antes que saísse da adolescência, ela se tornaria a noiva do filho do comerciante de lã da região. Ela gritou que considerava o casamento odioso, e por causa disso o pai bateu nela com severidade. Então ele parou de ralhar com ela. Implorou que ela não o magoasse, não o envergonhasse nesse assunto de casamento. Ele lhe daria um colar de contas ou uma saia bonita, disse; e havia lágrimas nos seus olhos. Como ela poderia lhe desobedecer? Como poderia partir seu coração? A força de seu próprio talento levou a isto. Ela reuniu uma pequena parte de seus pertences, desceu por uma corda numa noite de verão e pegou a estrada para Londres. Não tinha nem dezessete anos. Os pássaros que cantavam na sebe não eram mais melodiosos. Ela tinha uma ligeira inclinação, um talento como o do irmão, para a harmonia das palavras. Assim como ele, gostava do teatro. Estava às portas do palco; queria atuar, disse ela. Os homens riram na sua cara. O gerente – um gordo de lábios caídos – gargalhou. Urrou alguma sobre o fato de os *poodles* dançarem e as mulheres atuarem – mulher nenhuma, disse ele, poderia ser atriz. Ele insinuou... vocês podem imaginar o quê. Não era possível obter instrução em seu ofício. Seria possível pelo menos conseguir o jantar em uma taverna ou perambular pelas ruas à meia-noite? Não obstante, seu dom era o da ficção, e ansiava por alimentar-se da vida de homens e mulheres e do estudo de seus costumes. Por fim – porque era jovem, parecida com o poeta Shakespeare de um jeito estranho, com os mesmos olhos cinzentos e sobrancelhas redondas –, por fim Nick Greene,[1] o ator-diretor, teve pena dela; ela se viu grávida desse cavalheiro, e então – quem pode medir a fúria e a violência do coração de um poeta quando preso e emaranhado em um corpo de mulher? – matou-se em uma noite de inverno, e jaz enterrada em alguma encruzilhada pela qual passam os ônibus que hoje param na frente de Elephant and Castle.[2]

Assim, mais ou menos, seria o desenrolar da história, penso eu, se na época de Shakespeare uma mulher tivesse o talento de Shakespeare. Mas, de minha parte, concordo com o falecido bispo, se é que era um: é impensável que qualquer mulher nos

---

[1] O crítico e poeta Nick Greene é um personagem construído por Woolf no romance *Orlando*, publicado no ano anterior ao deste ensaio. (N. da E.)

[2] No Reino Unido, até 1823 os suicidas eram enterrados em encruzilhadas. A tentativa de suicídio só deixou de ser considerada crime a partir da promulgação do Suicide Act, em 1961. (N. da E.)

dias de Shakespeare tivesse tido o dom de Shakespeare. Porque um gênio como o de Shakespeare não surgia entre pessoas trabalhadoras, sem educação formal, servis. Não nascia na Inglaterra entre os saxões e os bretões. Não surge hoje entre as classes trabalhadoras. Como, então, poderia surgir entre mulheres cujo trabalho começava, de acordo com o professor Trevelyan, pouco antes de deixarem o berço, e ao qual eram impelidas pelos pais e obrigadas pelo poder da lei e dos bons costumes? Ainda assim, gênios desse tipo hão de ter existido entre as mulheres, da mesma forma que hão de ter existido entre as classes trabalhadoras. Vez ou outra uma Emily Brontë ou um Robert Burns se inflama e comprova essa presença. Mas com certeza nunca foi colocada no papel. Quando, porém, lemos sobre o afogamento de uma bruxa, sobre uma mulher possuída por demônios, sobre uma feiticeira que vendia ervas ou mesmo sobre um homem muito notável e sua mãe, então acho que estamos diante de uma romancista perdida, uma poeta subjugada, uma Jane Austen muda e inglória, uma Emily Brontë que esmagou o cérebro em um pântano ou que vivia vagando pelas ruas, enlouquecida pela tortura que seu dom lhe impunha. Na verdade, arrisco-me a dizer que Anônimo, que escreveu tantos poemas sem cantá-los, com frequência era uma mulher. Foi uma mulher, acho, que Edward Fitzgerald sugeriu ter composto as baladas e as cantigas populares, cantando baixinho para os filhos, enfeitando com elas a costura ou toda uma noite de inverno.

Isso pode ser verdadeiro ou falso – quem pode afirmar? –, mas o que é verdadeiro aqui, ao que me parece, revendo a história da irmã de Shakespeare como eu a inventei, é que qualquer mulher que tenha nascido com um grande talento no século XVI certamente teria enlouquecido, atirado em si mesma ou terminado seus dias em um chalé nos arredores da vila, meio bruxa, meio feiticeira, temida e escarnecida. Não é preciso ter grandes habilidades em psicologia para afirmar que qualquer garota muito talentosa que tenha tentado usar seu dom para a poesia teria sido tão impedida e inibida por outras pessoas, tão torturada e feita em pedaços por seus próprios instintos contrários, que deve ter perdido a saúde e a sanidade, com certeza. Nenhuma garota poderia ter caminhado até Londres, ter ficado à porta do palco e ter imposto sua presença aos atores-diretores sem violentar-se a si mesma e sofrer uma angústia que pode ter sido irracional – a castidade talvez seja um fetiche inventado por algumas sociedades por razões desconhecidas –, mas não obstante inevitável. A castidade tinha então, e tem ainda hoje, uma importância religiosa na vida da mulher, e está de tal forma encoberta por preocupações e instintos que libertá-la e trazê-la à luz demanda uma coragem das mais incomuns. Viver uma vida livre na Londres do século XVI significaria para uma mulher poeta e autora de peças de teatro um estresse e um dilema que poderiam matá-la. Ainda que sobrevivesse, qualquer coisa que tivesse escrito seria torcida e deturpada, pois teria vindo de uma imaginação mórbida e esgotada. E, sem dúvida, pensei, ao olhar para as prateleiras nas quais não há peças escritas por mulheres, o trabalho dela não estaria assinado. Esse refúgio ela certamente teria buscado. Foi a lembrança do senso de castidade que ditou a anonímia das mulheres até o século XIX. Currer Bell, George Eliot, George Sand,[1] todas vítimas de uma luta íntima, como provam seus escritos, buscaram sem sucesso esconder-se usando nomes de homem. Desse modo, elas reverenciavam a convenção, se não criada pelo outro sexo, abertamente encorajada por elas (a maior glória de uma mulher é não ficar falada, afirmou Péricles, ele mesmo um homem bastante falado), de que a publicidade é algo detestável para uma mulher. A anonímia está em seu sangue. O desejo de ficar escondida ainda a toma por inteiro. Mesmo hoje, ela não se interessa por cultivar a fama, como fazem os homens, e em geral passa por uma lápide ou um poste de luz sem sentir um desejo irresistível de gravar seu nome ali, como Fulano, Beltrano ou Sicrano precisam fazer para obedecer aos seus instintos, que murmuram quando veem uma mulher bonita passar, ou mesmo um cachorro, *Ce chien est à moi*. E, claro, talvez não seja um cachorro, pensei ao me lembrar de Parliament Square, Sièges Allée e outras avenidas; pode ser um pedaço de terra ou um homem de cabelos pretos e crespos. É uma das grandes vantagens de ser mulher conseguir passar por uma negra sem desejar transformá-la em uma inglesa.

Aquela mulher de outrora, a que nasceu com o dom da poesia no século XVI, era uma mulher infeliz, uma mulher em luta consigo mesma. Todas as suas condições de vida, todos os seus instintos

[1] Respectivamente, pseudônimos de Charlotte Brontë (1816-55), Mary Ann Evans (1819-80) e Amandine Dupin (1804-76). (N. da E.)

eram hostis ao estado de espírito necessário para liberar o que quer que fosse no cérebro. Mas qual é o estado de espírito mais propício para o ato de criar?, pergunto. É possível que alguém tenha a definição do estado que incentiva e torna possível essa estranha atividade? Aqui abro o volume que contém as tragédias de Shakespeare. Qual era o estado de espírito de Shakespeare, por exemplo, quando escreveu *Rei Lear* e *Antônio e Cleópatra*? Era, com certeza, o estado de espírito mais favorável para a poesia que já existiu. Mas Shakespeare nunca falou sobre isso. Sabemos apenas por sorte e por acaso que ele "nunca borrou uma linha". Nada de fato foi jamais dito pelo próprio artista sobre seu estado de espírito até talvez o século XVIII. Rousseau talvez tenha sido o primeiro. De qualquer forma, no século XIX, a autoconsciência tinha se desenvolvido de tal forma que se tornou um hábito dos homens letrados descrever o que sentiam em confissões e autobiografias. A vida deles também era escrita, e suas cartas eram publicadas depois de sua morte. Desse modo, ainda que não saibamos pelo que passou Shakespeare quando escreveu *Rei Lear*, sabemos pelo que passou Carlyle quando escreveu *A Revolução Francesa*; pelo que passou Flaubert quando escreveu *Madame Bovary*; pelo que estava passando Keats quando tentava escrever poesia diante da aproximação da morte e da indiferença do mundo.

E o que se conclui dessa imensa literatura moderna de confissão e autoanálise é que escrever um trabalho genial é quase sempre um feito de dificuldades prodigiosas. Tudo vai contra a verossimilhança que advirá da mente inteira e integral do escritor. As circunstâncias materiais em geral estão em oposição. Os cachorros vão latir; as pessoas vão interromper; o dinheiro precisa ser ganho; a saúde vai sucumbir. Além disso, acentuando todas essas dificuldades e tornando-as mais difíceis de suportar, há a indiferença notória do mundo. Ele não pede às pessoas que escrevam poemas, romances e histórias; ele não precisa disso. Não se importa se Flaubert encontra a palavra certa ou se Carlyle verifica com cuidado este ou aquele fato. Naturalmente, não vai pagar por aquilo que não quer. E então o escritor – Keats, Flaubert, Carlyle – sofre, em especial nos anos férteis da juventude, todo tipo de distração e desencorajamento. Uma maldição, um lamento de agonia emerge de tais livros de análise e confissão. "Poderosos poetas mortos em sua miséria"[1] – esse é o fardo de suas canções. Se algo de bom surgir apesar de tudo isso, é um milagre, e provavelmente livro nenhum nasce inteiro e sem aleijões, da forma como foi concebido.

Mas para a mulher, pensei, olhando para as prateleiras vazias, essas dificuldades eram infinitamente mais descomunais. Em primeiro lugar, ter um espaço próprio, que dirá um espaço silencioso ou à prova de som, estava fora de questão, a menos que seus pais fossem riquíssimos ou muito nobres, mesmo no começo do século XIX. Como sua mesada, que dependia da boa vontade do pai, era apenas o suficiente para mantê-la vestida, ela era privada dessas mitigações, assim como Keats, Tennyson ou Carlyle, de

[1] No original, "*Mighty poets in their misery dead*", verso do poema "Resolution and Independence", de William Wordsworth (1770-1850). (N. da E.)

uma caminhada, uma viagenzinha à França, de cômodos apartados, os quais, por mais miseráveis que fossem, os abrigavam das queixas e tiranias da família. Tais dificuldades materiais eram descomunais, mas muito piores eram as imateriais. A indiferença do mundo, que Keats, Flaubert e outros homens geniais achavam tão difícil de suportar, não era, no caso dela, indiferença, mas hostilidade. O mundo não dizia a ela, como dizia a eles: "Escreva se quiser, não faz diferença para mim". O mundo dizia, gargalhando: "Escrever? O que há de bom na sua escrita?" Aqui os psicólogos de Newnham e Girton poderiam vir em nosso auxílio, pensei, olhando de novo para os espaços vazios das prateleiras. Certamente já é hora de medir o efeito do desencorajamento sobre a mente do artista, da mesma forma como já vi uma fábrica de laticínios medir o efeito do leite comum e do leite tipo A no corpo de um rato. Eles colocaram dois ratos em gaiolas uma ao lado da outra, e um dos dois era furtivo, tímido e pequeno, e o outro era brilhante, corajoso e grande. Ora, e qual é o alimento com que alimentamos as mulheres enquanto artistas?, questionei, lembrando-me, suponho, daquele jantar de ameixas e creme inglês. Para responder a essa pergunta, bastou abrir o jornal vespertino e ler que a opinião de lorde Birkenhead é que... mas não vou me dar ao trabalho de transcrever a opinião de lorde Birkenhead sobre os escritos das mulheres. O que o reitor Inge diz eu deixarei em paz. Ao especialista da rua Harley é permitido provocar os ânimos da rua Harley com seus clamores sem arrepiar nem um fio do meu cabelo. Citarei, contudo, o senhor Oscar Browning, porque o senhor Oscar Browning foi uma figura importante em

Cambridge durante certo tempo e costumava avaliar os alunos de Girton e Newnham. O senhor Oscar Browning estava acostumado a declarar que "a impressão que tinha, depois de olhar qualquer conjunto de testes, era que, não importa a nota que ele desse, a melhor mulher era intelectualmente inferior ao pior homem". Depois de declarar isso, o senhor Browning voltou para seus aposentos – e é esta continuação que o torna admirável e faz dele uma figura humana de certa magnitude e majestade – ele voltou para seus aposentos e encontrou um cavalariço deitado no sofá: "um mero esqueleto; suas bochechas eram cavernosas e amareladas, os dentes eram pretos, e ele não parecia ter completo domínio dos membros [...] 'Este é Artur' (disse o senhor Browning). 'É um bom garoto, realmente, e muito generoso.'" A mim, as duas cenas sempre pareceram se completar. E felizmente, nesta era de biografias, as duas cenas com frequência se completam, de forma que podemos interpretar as opiniões de grandes homens não apenas pelo que falam, mas pelo que fazem.

Contudo, apesar de isso ser possível agora, tais opiniões oriundas dos lábios de pessoas importantes devem ter sido terríveis o suficiente até cinquenta anos atrás. Suponhamos que um pai com as melhores intenções não quisesse que a filha saísse de casa e se tornasse escritora, pintora ou intelectual. "Veja o que declarou o senhor Oscar Browning", diria ele; e não havia apenas o senhor Oscar Browning; havia o *Saturday Review*; havia o senhor Greg: "A essência do ser de uma mulher", disse o senhor Greg com ênfase, "é elas serem sustentadas por homens e os servirem"; havia um grupo enorme de opiniões masculinas que atestavam que nada deveria ser esperado das mulheres do ponto de vista intelectual. Ainda que seu pai não lesse em voz alta essas opiniões, qualquer garota poderia lê-las por si; e essa leitura, mesmo no século XIX, deve ter diminuído sua força vital e ter tido um efeito profundo sobre seu trabalho. Sempre haveria uma afirmação dessas – você não pode fazer isso, você é incapaz de fazer aquilo – contra a qual protestar ou que se devia superar. Provavelmente, para uma romancista esse vírus não tem mais muito efeito, porque já houve mulheres romancistas de mérito. Mas para as pintoras ainda há de ter algum ferrão, e para as musicistas, imagino, ainda hoje ele deve estar ativo e venenoso ao extremo. A compositora está na mesma situação em que estava a atriz da época de Shakespeare. Nick Greene, pensei, lembrando-me da história inventada sobre a irmã de Shakespeare, dissera que uma mulher atuando lhe lembrava um cachorro dançando. Johnson repetiu a frase duzentos anos de pregação feminina depois. Aqui, disse eu, abrindo um livro sobre música, temos de novo as mesmas palavras neste ano da graça, 1928, sobre as mulheres que tentam compor música. "Sobre a senhorita Germaine Tailleferre só se pode repetir o ditado do doutor Johnson a respeito de uma pregadora, transposto em termos musicais: 'Senhor, a composição de uma mulher é como o andar de um cachorro sobre patas aleijadas. Não é o mais acertado, mas é de surpreender-se que se complete, no final das contas'."[1] E assim a história se repete com exatidão.

[1] *A survey of contemporary music*, Cecil Gray, p. 246. (N. da A.)

Assim, concluí, fechando a vida do senhor Oscar Browning e rechaçando o resto, é bastante evidente que mesmo no século XIX uma mulher não era encorajada a ser artista. Pelo contrário, era desprezada, estapeada, repreendida e aconselhada. Sua mente deve ter-se exaurido, e sua força vital ter diminuído pela necessidade de se opor a isso e desaprovar aquilo. Então aqui nos deparamos com um complexo masculino obscuro e muito interessante, que teve bastante influência nos movimentos femininos; aquele desejo inveterado nem tanto de que *ela* seja inferior quanto de que *ele* seja superior, que o coloca onde quer que se olhe, não apenas diante das artes, mas também bloqueando o caminho para a política, mesmo quando o risco para ele parece ser ínfimo, e o requerente, humilde e devotado. Mesmo Lady Bessborough, eu me lembro, com toda a sua paixão por política, deve curvar-se humildemente e escrever para lorde Granville Leveson-Gower: "[...] não obstante toda a minha violência em política e meu falatório sobre esse assunto, concordo plenamente com o senhor que não é da conta de nenhuma mulher interferir neste ou em qualquer outro assunto sério além de dar sua opinião (se questionada)". E por aí ela continua a despender seu entusiasmo onde não há qualquer tipo de obstáculo, a respeito de um assunto de imensa importância, o discurso de estreia de lorde Granville na Câmara dos Comuns. O espetáculo é com certeza estranho, pensei. A história da oposição dos homens à emancipação das mulheres é talvez mais interessante do que a própria história da emancipação. Daria um livro divertido se algum jovem aluno de Girton ou Newnham reunisse exemplos e elaborasse uma teoria – mas ela precisaria de luvas mais grossas nas mãos e barras de ouro puro para protegê-la.

Mas o que é divertido agora, relembrei ao fechar Lady Bessborough, deve ser considerado com desesperada seriedade pelo menos uma vez. As opiniões que hoje são coladas em um caderno etiquetado "Bobagens" e guardadas para serem lidas para plateias selecionadas em noites de verão em outros tempos arrancavam lágrimas, garanto. Entre suas avós e bisavós, havia muitas que choraram até secarem os olhos. Florence Nightingale gritava alto em sua agonia.[1] Além do mais, está tudo muito bom para vocês, que conseguiram ingressar na faculdade e desfrutar suas próprias salas de estar – ou seriam quartos de estar? – apenas para dizer que a genialidade deveria desconsiderar tais opiniões; que a genialidade deveria estar acima do que é dito sobre ela. Infelizmente, são precisamente os homens e as mulheres geniais que se importam mais com o que é dito sobre eles. Lembrem-se de Keats. Lembrem-se das palavras que ele mandou entalhar em sua lápide.[2] Pensem em Tennyson; pensem, mas não preciso multiplicar os exemplos do fato inegável, quiçá afortunado, de que é da natureza do artista importar-se em excesso com

[1] Ver "Cassandra", de Florence Nightingale, publicado em *The Cause: a Short History of the Women's Movement in Great Britain*, de R. Strachey. (N. da A.)

[2] Keats pediu que entalhassem em sua lápide as palavras "*Here lies one whose name was writ in water*"; em português, "Aqui jaz aquele cujo nome foi escrito em água". (N. da E.)

o que é dito sobre ele. A literatura está polvilhada de destroços dos homens que se importaram além do razoável com a opinião dos outros.

E essa suscetibilidade é duplamente afortunada, pensei, voltando à minha indagação original sobre qual é o estado de espírito mais propício para o trabalho criativo, porque a mente, para alcançar o esforço prodigioso de libertar completa e inteiramente o trabalho que está dentro do artista, precisa ser incandescente, como a mente de Shakespeare, conjecturei, olhando para o livro aberto em *Antônio e Cleópatra*. Não pode haver nenhum obstáculo, nenhum assunto externo não esgotado.

Pois embora declaremos não saber nada sobre o estado de espírito de Shakespeare, mesmo quando dizemos isso estamos afirmando algo sobre o estado de espírito de Shakespeare. Talvez a razão de sabermos tão pouco sobre Shakespeare – em comparação com Donne, Ben Jonson ou Milton – é que seus rancores, malevolências e antipatias são escondidos de nós. Não nos atemos a uma "revelação" que nos lembre do escritor. Todo o desejo de protestar, de rogar, de proclamar uma injustiça, de acertar contas, de transformar o mundo em testemunha de uma miséria ou uma mágoa qualquer foi expelido de dentro dele e consumido. Dessa forma, a poesia flui de dentro dele livre e desimpedida. Se alguma vez um ser humano conseguiu expressar inteiramente o seu trabalho, esse foi Shakespeare. Se alguma mente foi incandescente, desimpedida, pensei, voltando-me de novo para a estante, foi a mente de Shakespeare.

4

Que alguém encontrasse uma mulher naquele estado de espírito no século XVI era obviamente impossível. Só é preciso se lembrar das lápides elisabetanas, com todas aquelas crianças ajoelhadas de mãos unidas e sua morte precoce, e ver as casas de aposentos escuros e entulhados, para perceber que mulher nenhuma poderia ter escrito poesia naquela época. O que se esperava encontrar era que mais tarde, talvez, alguma senhora tivesse tirado vantagem de sua relativa liberdade e conforto publicando alguma coisa em seu nome e arriscando-se a ser considerada um monstro. Os homens, é claro, não são esnobes, continuei, evitando com cuidado o "feminismo notório" da senhorita Rebecca West; mas eles veem com simpatia a maioria dos esforços de uma condessa para escrever versos. Era de se esperar que uma dama da nobreza recebesse mais incentivos do que uma desconhecida senhorita Austen ou uma senhorita Brontë. Mas também era de se esperar que descobrissem que a mente dela era perturbada por emoções hostis como medo e ódio, e que seus poemas mostrassem indícios dessa perturbação. Veja-se Lady Winchilsea, por exemplo, pensei, tomando nota de seus poemas. Ela nascera no ano de 1661, era nobre por nascimento e por casamento, não tinha filhos, escrevia poesia, e é preciso apenas abrir seus poemas para encontrá-la explodindo de indignação contra a situação das mulheres:

"Quedamos sob errôneas regras, mais
pra alunos que pra burros naturais,
mais para os desprovidos de mentais
avanços, os robóticos boçais,
que para nós, humanos animais.
Se alguém se sobressai entre os demais,
por sonhos, ambições, ou pelos ais
chorados ou berrados, serão tais
as vozes oponentes, que jamais
seus medos vencerá, como seus pais."[1]

---

[1] Versão reconstrutiva, em décima, de Glauco Mattoso, deste fragmento de "The Introduction", de Anne Finch, condessa de Winchilsea (1661-1720): "*How we are fallen! fallen by mistaken rules, / And Education's more than Nature's fools; / Debarred from all improvements of the mind, / And to be dull, expected and designed; / And if some one would soar above the rest, / With warmer fancy, and ambition pressed, / So strong the opposing faction still appears, / The hopes to thrive can ne'er outweigh the fears.*". (N. da E.)

É óbvio que de maneira nenhuma sua mente "consumiu todos os impedimentos e se tornou incandescente". Pelo contrário, é atormentada e perturbada com ódio e mágoas. Para ela, a raça humana é dividida em duas partes. Os homens são "as vozes oponentes"; os homens são odiados e temidos, porque detêm o poder de obstruir o caminho para o que ela quer fazer, que é escrever.

> "Ai! Pobre da mulher que escrever quer!
> Tamanha pretensão ninguém perdoa
> naquela que, em lugar de ser 'patroa'
> ou 'dona' em sua casa, quer colher
> meter, torta, nas letras! Se lhe der
> na telha fazer versos, lhe dirão
> que tempo vai perder e transgressão
> tal mesmo uma virtude não redime.
> Vigora em sociedade esse regime,
> pois temos que ser belas; cultas, não."[1]

---

[1] Versão reconstrutiva, em décima, de Glauco Mattoso, deste outro trecho de "The Introduction", de Lady Winchilsea, cujo segundo verso foi omitido no texto de Woolf: "*Alas! a woman that attempts the pen, / Such an intruder on the rights of men, / Such a presumptuous creature is esteemed, / The fault can by no virtue be redeemed. / They tell us we mistake our sex and way; / Good breeding, fashion, dancing, dressing, play, / Are the accomplishments we should desire; / To write, or read, or think, or to enquire, / Would cloud our beauty, and exhaust our time, / And interrupt the conquests of our prime. / Whilst the dull manage of a servile house / Is held by some our utmost art and use.*". (N. da E.)

De fato, ela tem que encorajar a si mesma a escrever imaginando que o que escreve jamais será publicado; tem que acalmar-se com um canto triste:

> "Cantar, só para amigos e por ti,
> por cuja dor a sorte não sorri.
> Se à sombra estás, que estejas bem, ali!"[1]

Ainda assim, é certo que, tivesse ela conseguido libertar a própria mente do ódio e do medo, em vez de cobri-la de amargura e ressentimento, o fogo ainda arderia dentro de si. Agora e mais uma vez das palavras brota pura poesia:

> "Prazer sinto, mas nunca imitarei
> a rosa, nem que em seda escreva, eu sei."[2]

São elogiadas pelo senhor Murry e por Pope, são objeto de reflexão, são lembradas e apropriadas por aqueles outros:

---

[1] Versão reconstrutiva, de Glauco Mattoso, deste fragmento creditado a Lady Winchilsea: *"To some few friends, and to thy sorrows sing, / For groves of laurel thou wert never meant; / Be dark enough thy shades, and be thou there content."*. (N. da E.)

[2] Versão reconstrutiva, de Glauco Mattoso, deste fragmento de "The spleen", de Lady Winchilsea: *"Nor will in fading silks compose, / Faintly the inimitable rose."*. (N. da E.)

"Junquilhos nosso cérebro superam
na dor, pois um perfume à dor já deram."[1]

É mil vezes uma pena que uma mulher que consegue escrever dessa forma, cuja mente estava em harmonia com a natureza e a reflexão, tenha sido impelida à raiva e à amargura. Mas o que ela poderia ter feito?, perguntei-me, imaginando o escárnio e o riso, a adulação de pessoas odiosas, o ceticismo do poeta profissional. Ela deve ter se encerrado em um quarto no campo para escrever, e talvez tenha sido dilacerada pela amargura e por escrúpulos, ainda que seu marido fosse muito gentil, e a vida de casados, uma perfeição. Ela "deve ter", digo eu, porque, quando procuramos os fatos sobre Lady Winchilsea, descobrimos, como sempre, que quase nada se sabe sobre quase nada. Ela sofria de uma melancolia terrível, que pode ser explicada em certa medida quando a vemos contar como, em seu auge, ela imaginava as coisas:

"Meus versos execrados, meu ofício
loucura inútil sendo, ou fútil vício."[2]

[1] Versão reconstrutiva, de Glauco Mattoso, deste fragmento de "The spleen", de Lady Winchilsea: *"Now the jonquille o'ercomes the feeble brain; / We faint beneath the aromatic pain."*. (N. da E.)

[2] Versão reconstrutiva, de Glauco Mattoso, deste fragmento de "The spleen", de Lady Winchilsea: *"My lines decried, and my employment thought, / An useless folly or presumptuous fault:"*. (N. da E.)

O trabalho, então censurado, era, até onde podemos deduzir, o ato inofensivo de vagar pelos campos e sonhar:

"Por minha mão compondo, e por meu traço,
me encontro e outro caminho, errante, faço.
Prazer sinto, mas nunca imitarei
a rosa, nem que em seda escreva, eu sei."[1]

Naturalmente, se esse era seu hábito e seu prazer, era de esperar que rissem dela; e, fazendo jus a isso, Pope ou Gay a teriam satirizado como "uma intelectual com uma quedinha para escrevinhar". Também dizem que ela teria ofendido Gay ao rir-se dele. Ela teria dito que o poema "Trivia" demonstrava que "ele tinha mais propensão para andar diante de uma carruagem do que para ocupá-la". Mas isso é tudo "fofoca duvidosa" e, como diz o senhor Murry, "desinteressante". Nesse ponto não concordo com ele, porque eu adoraria saber de muitas fofocas duvidosas, mais para poder descobrir ou imaginar a figura dessa senhora melancólica, que amava vagar pelos campos pensando em coisas inusitadas e que desdenhava, de forma temerária e imprudente, "a lida enfadonha de uma casa com empregados". Mas ela se tornou prolixa, diz o senhor Murry. Ao redor de seu dom cresceram ervas daninhas

[1] Versão reconstrutiva, de Glauco Mattoso, deste fragmento de "The spleen", de Lady Winchilsea: "*My hand delights to trace unusual things, / And deviates from the known and common way, / Nor will in fading silks compose, / Faintly the inimitable rose.*". (N. da E.)

e arbustos espinhosos. Mal tem chance de mostrar a elegância e a distinção que possuía. E assim, colocando-a de volta na prateleira, recorri a outra grande dama, a duquesa que Lamb tanto amava, a impulsiva, fantástica Margaret de Newcastle, mais velha, porém contemporânea à outra. Elas eram muito diferentes, mas semelhantes no fato de ambas terem sido nobres e não terem tido filhos, e ambas terem sido casadas com maridos dos melhores. Em ambas ardia a mesma paixão pela poesia, e ambas foram desfiguradas e deformadas pelas mesmas razões. Ao abrir a duquesa, encontramos a mesma explosão de fúria: "As mulheres vivem como morcegos ou corujas, trabalham como bestas e morrem como vermes [...]" Também Margaret poderia ter sido poeta; nos dias de hoje, toda essa agitação teria dado algum resultado. Da forma que era, o que conseguiria dobrar, domar ou educar para o proveito humano aquela inteligência selvagem, abundante e bruta? Confusamente, jorrava em torrentes de rima e prosa, poesia e filosofia que permanecem congeladas em livros e folhetins que ninguém nunca lê. Alguém deveria ter colocado um microscópio na mão dela. Alguém deveria tê-la ensinado a admirar as estrelas e raciocinar cientificamente. Sua perspicácia era movida a privacidade e liberdade. Ninguém a controlava. Ninguém a ensinava. Os professores a bajulavam. Na corte, as pessoas zombavam dela. Sir Egerton Brydges reclamava de sua rudeza, "que emanava de uma mulher de alta classe criada na corte". Ela se recolheu a Welbeck sozinha.

Que imagem de solidão e revolta nos vem à mente ao pensarmos em Margaret Cavendish! Como se um pepino gigante tivesse se espalhado sobre todas as rosas e os cravos do jardim, sufocando-os até a morte. Que desperdício a mulher que escreveu "as mulheres mais bem criadas são aquelas cuja mente é mais civilizada" ter desperdiçado seu tempo à toa, escrevinhando bobagens e afundando-se na obscuridade e na tolice até que as pessoas se aglomerassem ao redor de seu carro quando ela publicava algo. Lógico, a duquesa louca se tornou um bicho--papão usado para assustar garotas espertinhas. E aqui temos, lembrei-me, ao afastar a duquesa e abrir as cartas de Dorothy Osborne, Dorothy escrevendo a Temple sobre o então novo livro da duquesa: "É claro que a coitada está um pouco confusa; ela não seria tão ridícula a ponto de se aventurar a escrever um livro, e ainda mais em versos; mesmo que eu não conseguisse dormir nos próximos quinze dias, não chegaria a tanto".

Dessa forma, já que nenhuma mulher modesta e razoável conseguiria escrever um livro, Dorothy, que era sensível e melancólica, o oposto exato da duquesa no que diz respeito a temperamento, não escrevia nada. As cartas não contavam. Uma mulher poderia escrever cartas enquanto passava o tempo à cabeceira do pai doente. Poderia escrevê-las perto da lareira enquanto os homens conversavam, sem incomodá-los. O estranho, pensei, virando as páginas das cartas de Dorothy, é o talento que essa garota inculta e solitária tinha para construir uma frase, para montar uma cena. Vejam o que ela faz:

> Depois do jantar, sentamo-nos para conversar até o senhor B. aparecer, e então me retiro. A maior parte do dia é gasta em leitura e trabalho, e, por volta das seis ou sete horas, vou para a comuna que fica perto da casa,

onde muitas jovens bonitas criam ovelhas e vacas e se sentam à sombra cantando baladas; acerco-me delas e comparo sua voz e beleza às de antigas pastoras sobre as quais li, e percebo uma grande diferença; contudo, acredite, acho que são o que há de mais inocente. Converso com elas e percebo que não querem nada que as torne as pessoas mais felizes do mundo, mas apenas a impressão de que são assim. É muito comum, quando estamos no meio da conversa, que uma delas olhe ao redor e veja sua vaca se dirigir ao milharal, e lá se vão todas elas, como se tivessem asas nos pés. Eu, que não sou tão ágil, fico para trás e, quando vejo que estão levando o gado para casa, penso que já é hora de me recolher também. Depois de cear, vou ao jardim e, às margens de um riozinho que corre ali, sento-me e desejo que você estivesse comigo.

Poderia jurar que ela tem o que é preciso para ser escritora. Mas "mesmo que eu não conseguisse dormir nos próximos quinze dias, não chegaria a tanto"... é possível mensurar a oposição que havia no ar a que uma mulher escrevesse quando percebemos que até uma mulher com grande inclinação para a escrita foi levada a acreditar que escrever um livro era ridículo a ponto de indicar confusão mental. E então chegamos, continuei, colocando o único volume curto das cartas de Dorothy Osborne de volta na prateleira, à senhora Behn.

E, com a senhora Behn, fazemos uma curva importante nesta estrada. Deixamos para trás, recolhidas nos parques entre seus folhetins, essas grandes damas solitárias, que escreviam sem plateia ou crítica, unicamente para seu próprio deleite. Chegamos à cidade e convivemos com pessoas comuns nas ruas. A senhora Behn era uma mulher de classe média com todas as virtudes plebeias do humor, da vitalidade e da coragem; uma mulher forçada pela morte do marido, e alguns infortúnios de própria feita, a obter o sustento a partir das próprias habilidades. Ela teve que trabalhar em pé de igualdade com os homens. Conseguia, trabalhando arduamente, o suficiente para sobreviver. A importância desse fato supera tudo o que ela escreveu, mesmo o esplêndido "A Thousand Martyrs I Have Made" ou "Love in Fantastic Triumph Sat", porque aqui começa a liberdade de pensamento, ou antes, a possibilidade de que com o tempo a mente será livre para escrever o que quiser. Porque agora que Aphra Behn fez primeiro, as garotas podiam dizer para os pais: Vocês não precisam mais me dar mesada, posso ganhar dinheiro com minha pena. Claro que a resposta a isso durante muitos anos foi: Sim, levando a vida de Aphra Behn! A morte seria melhor!, e batia-se a porta com mais força do que nunca.

Esse assunto profundamente interessante, o valor que os homens dão à castidade das mulheres e o efeito disso sobre a educação delas, aqui se oferece para discussão, e renderia um livro interessante se algum aluno de Girton ou Newnham se dispusesse a abordar o problema. Lady Dudley, envolta em diamantes entre os mosquitos-pólvora de um pântano escocês, poderia servir para o frontispício. Lorde Dudley, de acordo com o que afirmou o *Times* outro dia, quando Lady Dudley morreu, "um homem de gosto refinado e muitas conquistas, era benevolente e generoso, mas tirânico de um jeito extravagante. Insistia que a esposa usasse trajes completos, mesmo nos mais remotos chalés de caça das Highlands; ele a cobria de joias deslumbrantes", e por aí vai; "dava tudo a ela – sempre com exceção de qualquer tipo de responsabilidade". Então lorde Dudley teve um derrame, e ela cuidou dele e controlou seu patrimônio para sempre com extrema competência. Aquela tirania extravagante também existia no século XIX.

Mas voltemos. Aphra Behn provou que era possível ganhar dinheiro escrevendo, à custa de, talvez, certas qualidades agradáveis; então, aos poucos, escrever tornou-se não só um indício de tolice e mente confusa, mas também de importância prática. O marido poderia morrer, ou um desastre qualquer poderia surpreender a família. Centenas de mulheres começaram, à medida que o século XVIII se aproximava, a engordar seu porquinho ou a ajudar a família fazendo traduções ou escrevendo inúmeros romances ruins que não mais figuravam nos livros de escola, mas podiam ser encontrados nos saldões das lojas de livros usados de Charing Cross. A intensa atividade intelectual que surgiu no fim do século XVIII entre as mulheres – as conversas, as reuniões, a redação de ensaios sobre Shakespeare, a tradução dos clássicos – baseava-se no fato concreto de que elas podiam ganhar dinheiro com a escrita. O dinheiro legitimava o que era considerado frívolo se não fosse remunerado. Ainda era aceitável desdenhar de "uma intelectual com uma quedinha para escrevinhar", mas era inegável que elas conseguiam encher as bolsas de dinheiro. Desse modo, ao aproximar-se o fim do século XVIII, uma mudança ocorreu – que, se estivesse reescrevendo a história, eu descreveria com mais detalhes e consideraria mais importante que as Cruzadas ou a Guerra das Rosas.

As mulheres de classe média começaram a escrever. Se *Orgulho e preconceito* é importante, e também *Middlemarch*, *Villette* e *O Morro dos Ventos Uivantes*, então é muito mais importante que eu possa provar em um discurso de uma hora que as mulheres em geral, e não apenas as aristocratas solitárias encerradas em suas casas de campo, entre seus folhetins e seus admiradores, se dedicaram a escrever. Sem essas precursoras, Jane Austen, as Brontës e George Eliot não poderiam ter escrito nada, da mesma forma que Shakespeare não teria escrito nada se não fosse por Marlowe, ou Marlowe por Chaucer, ou Chaucer pelos poetas esquecidos que abriram caminho e domaram a ferocidade natural da língua. Pois as obras-primas não nascem de eventos únicos e solitários; são o resultado de muitos anos de pensamento comum, de pensamento coletivo, de forma que a experiência da massa está por trás de uma voz única. Jane Austen deveria ter depositado uma coroa de flores no túmulo de Fanny Burney, e George Eliot deveria ter prestado homenagens à sombra robusta de Eliza Carter, a senhora valente que amarrou uma campainha na cabeceira da cama para que pudesse acordar cedo e aprender grego. Todas as mulheres reunidas deveriam jogar flores sobre a sepultura de Aphra Behn, que fica, escandalosa e apropriadamente, na Abadia de Westminster, por ter sido quem conquistou para elas o direito de dizerem o que pensam. É ela – sombria e amorosa como era – que faz com que não seja um absurdo que nesta noite eu lhes diga: ganhem quinhentas libras por ano em troca de suas habilidades.

E então chegamos ao começo do século XIX. Aqui, pela primeira vez, encontro diversas prateleiras dedicadas inteiramente a obras de mulheres. Mas por que, não consegui evitar a pergunta conforme passava os olhos por elas, eram, com poucas exceções, todas romances? O pendão original era para a poesia. A "mestre suprema da canção" era uma poetisa.[1] Tanto na França quanto na Inglaterra, as poetas precederam as romancistas. Além do mais, pensei, olhando para os quatro nomes famosos, o que George Eliot tinha em comum com Emily Brontë? E não tinha Charlotte Brontë falhado miseravelmente em compreender Jane Austen? Exceto pelo fato possivelmente relevante de que nenhuma delas teve filhos, não haveria quatro personagens mais incongruentes para se encontrarem juntas em uma sala, tanto que é tentador inventar um encontro e um diálogo entre elas. Ainda assim, quando escreviam foram compelidas por alguma força estranha a escrever romances. Teria isso algo a ver com o fato de terem nascido na classe média?, perguntei-me; e com o fato – que a senhorita Emily Davies mais tarde se esforçaria tanto para comprovar – de que no começo do século XIX uma família de classe média possuía apenas uma sala de estar para todos? Se uma mulher escrevia, tinha que escrever na sala de estar, com todos os demais. E quando a senhorita Nightingale tão veementemente reclamava – "as mulheres nunca têm meia hora [...] que possam chamar de sua" –, era

[1] Em inglês, *"supreme head of song"*. Expressão referente à poetisa grega Safo (c. 630 a.C.-570 a.C.) no poema "Ave Atque Vale", de Algernon Charles Swinburne (1837-1909). (N. da E.)

sempre interrompida. Ainda assim, seria mais fácil escrever prosa e ficção do que escrever poesia ou uma peça de teatro. Requer menos concentração. Foi dessa forma que Jane Austen escreveu até o fim de seus dias. Nas memórias que escreveu sobre ela, seu sobrinho diz:

> É surpreendente como conseguia fazer isso, porque ela não tinha um estúdio a que pudesse recorrer, e muito do seu trabalho deve ter sido escrito na sala de estar comum, sujeito a todo tipo de interrupções casuais. Ela tomava o cuidado de não deixar que os empregados, ou os visitantes, ou qualquer outra pessoa de fora de seu círculo familiar, suspeitasse de sua ocupação.[1]

Jane Austen escondia seus manuscritos ou cobria-os com um pedaço de mata-borrão. Bom, até então, todo o treinamento literário que uma mulher tinha no começo do século XIX consistia em exercitar a observação de personagens, a análise das emoções. Sua sensibilidade foi lapidada por séculos pelas influências da sala de estar comum. Os sentimentos das pessoas a afetavam; suas relações pessoais estavam sempre diante de seus olhos. Por essa razão, quando a mulher de classe média decidiu escrever, naturalmente escrevia romances, ainda que, como se mostra evidente, duas das quatro mulheres famosas aqui mencionadas não fossem romancistas por natureza. Emily

---

[1] *A Memoir of Jane Austen*, escrito por seu sobrinho James Edward Austen-Leigh. (N. da A.)

Brontë deveria ter escrito peças de teatro poéticas; a fertilidade da mente capacitada de George Eliot deveria ter se espalhado na época em que o impulso criativo era gasto com história ou biografia. Elas, porém, escreveram romances; é possível até, digo eu, retirando *Orgulho e preconceito* da prateleira, ir além e afirmar que elas escreveram bons romances. Sem fazer alarde ou ofender o sexo oposto, é possível dizer que *Orgulho e preconceito* é um bom livro. De qualquer forma, ninguém se envergonharia de ser flagrado escrevendo *Orgulho e preconceito*. No entanto, Jane Austen agradecia quando uma dobradiça rangia, o que lhe permitia esconder seu manuscrito antes que qualquer pessoa entrasse. Para Jane Austen, havia algo desonroso no ato de escrever *Orgulho e preconceito*. E, indaguei-me, *Orgulho e preconceito* teria sido um romance melhor se Jane Austen não achasse necessário esconder seu manuscrito das visitas? Li uma página ou duas para conferir; mas não encontrei o menor indício de que as circunstâncias tivessem prejudicado seu trabalho. Esse talvez fosse o maior milagre de todos. Aqui está uma mulher dos anos 1800 que escrevia sem ódio, sem amargura, sem medo, sem revolta, sem sermão. Era assim que Shakespeare escrevia, pensei, olhando para *Antônio e Cleópatra*; e, quando as pessoas comparam Shakespeare e Jane Austen, talvez queiram dizer que a mente dos dois consumira qualquer impedimento, e por essa razão não conhecemos Jane Austen nem Shakespeare, e por essa razão Jane Austen permeia cada palavra que escreveu, assim como Shakespeare. Se Jane Austen sofreu as consequências das circunstâncias de sua vida, foi com a mesquinhez da vida que lhe foi imposta. Era impossível para uma mulher sair sozinha. Ela nunca viajou; nunca andou de ônibus em Londres ou almoçou sozinha em uma loja. Mas talvez fosse da natureza de Jane Austen não querer o que ela não tinha. Seu dom e as circunstâncias de sua vida eram a exata combinação um do outro. Mas duvido que isso fosse válido para Charlotte Brontë, digo eu, abrindo *Jane Eyre* e colocando-o ao lado de *Orgulho e preconceito*.

Abri o livro no capítulo doze, e minha atenção se voltou para a frase: "Qualquer um pode me culpar, se quiser". Do que estariam culpando Charlotte Brontë?, indaguei-me. Então li sobre o fato de Jane Eyre subir ao telhado, sobre o lugar onde a senhora Fairfax fazia compotas, olhando para os campos a perder de vista. Então ela ansiava – e era por isso que a culpavam.

> [...] então, eu ansiava por um poder da visão que ultrapassasse aquele limite; que alcançasse aquele mundo movimentado, e as cidades, lugares cheios de vida sobre os quais ouvira falar mas que nunca vira: desejava mais experiências práticas do que as que possuía; mais comunicação com meus pares e o conhecimento de diversas personalidades maior do que a que estava ao meu alcance. Eu valorizava o que havia de bom na senhora Fairfax e o que havia de bom em Adele, mas acreditava na existência de outros tipos de bondade, mais vívidos, e desejava ter contato com aquilo em que eu acreditava.
>
> Quem me culpa? Muitos, sem dúvida, e me chamarão de insatisfeita. Não podia evitar: a inquietação era da minha natureza; às vezes tanta agitação me doía...

É inútil afirmar que os seres humanos se satisfarão com a tranquilidade: eles precisam de ação; e vão provocá-la se não a encontrarem. Milhões estão condenados a um destino mais estanque que o meu, e milhões se revoltam silenciosamente contra o seu quinhão. Ninguém sabe quantos rebeldes fermentam as massas de vida que povoam a terra. Supõe-se que em geral as mulheres sejam muito calmas: mas as mulheres sentem da mesma forma que os homens; precisam de exercício para suas faculdades e de um campo de atuação para seus esforços tanto quanto seus irmãos; sofrem com restrições rígidas, estagnações absolutas, da mesma forma que sofreriam os homens; e o fato de seus pares mais privilegiados dizerem que elas deveriam se confinar a assar bolos e cerzir meias, tocar piano e bordar bolsas, não passa de mesquinhez. É leviano condená-las ou rir-se delas se elas procurarem fazer ou aprender mais do que os costumes impuseram a seu sexo.

Quando ficava sozinha, era frequente ouvir o riso de Grace Poole...

Mas que interrupção esquisita!, pensei. É perturbador dar de cara com Grace Poole de uma hora para outra. A continuidade é interrompida. Alguém diria, continuei, deitando o livro ao lado de *Orgulho e preconceito*, que a mulher que escreveu aquelas páginas tem mais genialidade do que Jane Austen, mas se lesse novamente e destacasse o jeito abrupto, a indignação, veria que ela nunca conseguirá expressar sua genialidade por inteiro e por completo. Seus livros serão deformados e deturpados. Ela escreve com ira quando deveria escrever com tranquilidade. Ela escreve com leviandade quando deveria escrever com sabedoria. Ela escreve sobre si mesma quando deveria escrever sobre seus personagens. Ela está em guerra contra tudo e contra todos. O que mais ela poderia fazer a não ser morrer jovem, enclausurada e frustrada?

Não se pode deixar de entreter, por um momento, a hipótese do que teria acontecido se Charlotte Brontë tivesse acesso a, vamos dizer, trezentas libras por ano – mas a tola vendeu os direitos autorais de seus romances à vista por mil e quinhentas libras; se ela tivesse, de alguma forma, acesso a mais conhecimento sobre o mundo movimentado e sobre cidades e lugares cheios de vida, mais experiência prática, comunicação com seus pares e conhecimento de diversas personalidades. Com aquelas palavras, ela aponta com precisão não só para seus defeitos como romancista, mas para os defeitos do seu sexo à época. Ela sabia melhor do que ninguém que sua genialidade seria enormemente beneficiada se não tivesse sido desperdiçada em visões solitárias de campos distantes; se lhe tivessem concedido experiência, comunicação e viagens. Mas isso não lhe foi concedido; foi contido, e precisamos aceitar o fato de que todos aqueles bons romances, *Villette*, *Emma*, *O Morro dos Ventos Uivantes*, *Middlemarch*, foram escritos por mulheres com a experiência de vida que era permitida dentro da casa de um clérigo respeitável; escritos também na sala de estar daquela casa respeitável, e por mulheres tão pobres que não tinham condições de comprar mais que alguns cadernos de papel almaço por vez para escrever *O Morro dos Ventos Uivantes* ou *Jane Eyre*. Uma delas, é verdade, George Eliot, conseguiu escapar depois de muitas atribulações, mas somente até uma vila isolada em St. John's Wood. E lá se estabeleceu, à sombra da desaprovação do mundo. "Queria que compreendessem", escreveu ela, "que nunca convidarei para me visitar aqueles que não pedirem para ser convidados"; pois não estava ela vivendo em pecado com um homem casado, e o contato com ela não poderia causar danos à castidade da senhora Fulana ou de qualquer pessoa que se arriscasse a procurá-la? Era preciso submeter-se às convenções sociais e "ser excluída das relações com o que é chamado de mundo". Ao mesmo tempo, do outro lado da Europa havia um homem vivendo livremente entre os ciganos ou com aquela grande dama; lutando em guerras; colhendo, sem impedimentos e sem censuras, toda a vasta experiência da vida humana que, mais tarde, lhe serviria de forma esplêndida quando escrevesse seus livros. Se Tolstói tivesse vivido em um priorado em isolamento, com uma mulher casada "excluída das relações com o que é chamado de mundo", por mais que o dever moral fosse edificante, dificilmente, pensei, ele teria escrito *Guerra e paz*.

Mas é possível aprofundar-se um pouco mais na questão da escrita do romance e dos efeitos de seu sexo sobre o romancista. Se fecharmos os olhos e considerarmos o romance como um todo, pareceria uma invenção que se reserva um certo ar de espelho em relação à vida, embora, é claro, com inúmeras simplificações e distorções. De qualquer forma, é uma estrutura que deixa seu contorno no fundo da mente, ora construída na forma de um quadrado, ora na forma de um pagode, ora distribuindo alas e arcadas, ora solidamente compacta e abobadada como a Basílica de Santa Sofia, em Constantinopla. Aquele contorno, pensei, lembrando-me de certos romances famosos, começa com o tipo de emoção que lhe é apropriado. Mas essa emoção logo se mistura com outras, pois o "contorno" não se define pela relação de pedra sobre pedra, mas pela relação de ser humano com ser humano. Assim, o romance desperta em nós todo tipo de emoções antagônicas e contraditórias. A vida entra em conflito com algo que não é vida. Por isso a dificuldade de chegar a um consenso no que se refere a romances e o imenso domínio que nossos próprios preconceitos exercem sobre nós. De um lado, achamos que Você – John, o herói – deve viver, ou Eu cairei nas profundezas do desespero. Por outro lado, achamos, oh Deus!, John, que você deve morrer, porque o contorno do livro assim o requer. A vida entra em conflito com algo que não é vida. Mas como é em parte vida, julgamos como na vida. James é o tipo de homem que eu detesto, diz alguém. Ou: Isto é um amontoado de absurdos. Eu nunca conseguiria sentir algo parecido. Toda a estrutura, é óbvio, relembrando qualquer romance famoso, é algo de complexidade infinita, porque assim é construída a partir de tantos julgamentos diferentes, de tantas emoções diferentes. O admirável é que qualquer livro composto dessa forma se sustente por mais de um ano ou dois, ou que signifique para o leitor inglês o mesmo que significa para o russo ou o chinês. Mas às vezes eles se sustentam, e de forma memorável. E o que os sustenta nesses raros exemplos de sobrevivência (estava pensando em *Guerra e paz*) é algo que se chama integridade, embora ela nada tenha a ver com pagar as contas em dia ou comportar-se de maneira honrosa em uma emergência. A integridade significa, no caso do romancista, a convicção com que ele convence o outro de que aquilo é verdade. Sim, pensaria alguém, eu nunca acharia que pode ser assim; nunca conheci nenhuma pessoa que se comportasse dessa forma. Mas você me convenceu de que é assim, então isso é real. As pessoas olham cada frase, cada cena contra a luz à medida que leem – pois a Natureza, por mais estranho que soe, parece ter nos dotado de uma luz interior pela qual julgamos a integridade ou a desonestidade do romancista. Ou talvez seja porque a Natureza, em seu humor irracional, escreveu em tinta invisível, nas paredes da mente, uma premonição que é confirmada por esses grandes artistas – um esboço que precisa apenas ser colocado diante do fogo da genialidade para se tornar visível. Quando alguém o revela e o vê ganhar vida, exclama em arrebatamento: Mas isto é o que eu sempre senti, soube e desejei! E a pessoa ferve de excitação, e, fechando o livro até com certa reverência, como se fosse algo muito precioso, um porto seguro ao qual retornar por toda a vida, guarda-o de volta na prateleira, pensei, tomando *Guerra e paz* e guardando-o de volta no lugar. Por outro lado, se aquelas pobres frases nas quais a pessoa faz o esboço fazem surgir primeiro uma resposta rápida e afoita, com suas cores brilhantes e seus gestos ousados, mas ficam só nisso – como se seu desenvolvimento precisasse ser verificado –, ou se trazem à luz apenas um rabisco pálido em um canto e uma mancha ali no outro, e nada surge por inteiro e por completo, então a pessoa solta um suspiro de desapontamento e diz: Outro malogro. Este romance veio para fracassar.

E a maior parte dos romances, é claro, realmente fracassa. A imaginação vacila diante do enorme esforço. A compreensão é confusa; não é mais possível distinguir entre verdadeiro e falso, não mais tem a força para prosseguir na imensa tarefa de, a todo momento, utilizar tantas habilidades diferentes. Mas como tudo isso poderia ser afetado pelo sexo do romancista?, ponderei, olhando para *Jane Eyre* e os outros. Será que o sexo interferiria de alguma forma na integridade da mulher romancista – essa integridade que considero ser a espinha dorsal do escritor? Bem, nas passagens de *Jane Eyre* que citei, fica claro que a raiva estava corrompendo a integridade da romancista Charlotte Brontë. Ela abandonou sua história, à qual dedicava inteira devoção, para cuidar de mágoas pessoais. Lembrou-se de que estava sendo privada da devoção à própria experiência – foi obrigada a estagnar em um presbitério cerzindo meias,

quando o que queria era vagar livremente pelo mundo. Sua imaginação desviou-se do curso por causa da indignação, e nós a percebemos desviar. Mas havia outras influências mais, além da raiva, lutando contra sua imaginação e desviando-a de seu caminho. A ignorância, por exemplo. O retrato de Rochester é desenhado no escuro. Percebemos a influência do medo nele, da mesma forma que percebemos uma acidez que é fruto da opressão, um sofrimento latente enterrado sob a paixão dela, um rancor que macula aqueles livros, por mais esplêndidos que sejam, com um espasmo de dor.

E uma vez que o romance equivale à vida real, seus valores são, em certa medida, os da vida real. Mas é óbvio que os valores das mulheres diferem com frequência dos que foram forjados pelo outro sexo; naturalmente, é assim. Ainda assim, são os valores masculinos que prevalecem. Falando friamente, futebol e esportes são "importantes"; a adoração da moda, a compra de roupas, "trivial". E esses valores são inevitavelmente transferidos da vida para a ficção. Este livro é importante, a crítica presume, porque trata da guerra. Este livro é insignificante porque trata dos sentimentos das mulheres na sala de pintura. Uma cena no campo de batalha é mais importante do que uma cena em uma loja – em todo lugar e de forma muito sutil, a diferença de valores persiste. Toda a estrutura do romance do começo do século XIX, portanto, foi construída, para quem era mulher, por uma mente que foi afastada de leve da retidão e forçada a alterar sua visão límpida em deferência a autoridades externas. Basta apenas passar os olhos pelos romances esquecidos e ouvir o tom de voz no qual foram escritos para adivinhar que a escritora esbarrara em críticas; ela dizia isso por conta da agressão, aquilo por conta da conciliação. Ela admitia que era "apenas uma mulher", ou protestava ser "tão boa quanto um homem". Encarava as críticas conforme seu temperamento ordenava, com docilidade e acanhamento ou com raiva e ênfase. Não importava o que fosse, ela estava pensando em algo diverso da coisa em si. Então, lá vem o seu livro. Havia uma falha no meio dele. E pensei em todos os romances de mulheres que restam espalhados, como maçãs com pequenos buracos em um pomar, pelas lojas de livros usados de Londres. Foi a falha no meio que os fez apodrecer. Ela modificara seus valores por deferência à opinião dos outros.

Mas há de ter sido impossível para elas não penderem tanto para a direita quanto para a esquerda. Quanta genialidade, quanta integridade devem ter sido necessárias diante de toda aquela crítica, em meio àquela sociedade puramente patriarcal, para se apegarem às coisas como as enxergavam sem se encolher. Somente Jane Austen e Emily Brontë fizeram isso. É outra pérola, talvez a mais refinada, em suas tiaras. Elas escreviam como escrevem as mulheres, não como os homens o fazem. De todas as milhares de mulheres que escreviam romances naquele tempo, elas eram as únicas que ignoravam as admoestações perpétuas do eterno professor – escreva assim, pense assado. Elas eram as únicas surdas àquela voz persistente, ora um rosnado, ora condescendente, ora benevolente, ora angustiada, ora chocada, ora brava, ora tolerante, aquela voz que não deixa as mulheres em paz, que precisa ficar em cima delas, como uma governanta supercuidadosa, implorando a elas, como Sir Egerton Brydges, que sejam refinadas; até arrastando para a crítica da poesia a crítica do sexo;[1] advertindo-as, se elas se comportarem e ganharem, como suponho, algum prêmio reluzente, a manter certa distância considerada adequada pelo cavalheiro em questão – "[...] as romancistas do sexo feminino deveriam aspirar à

[1] "[Ela] tem um objetivo metafísico, e isso é uma obsessão perigosa, em especial para uma mulher, já que raramente as mulheres possuem a saudável paixão que os homens têm pela retórica. É uma falha estranha para um sexo que, ademais, é mais primitivo e mais materialista." *New Criterion*, junho de 1928. (N. da A.)

excelência pela admissão corajosa das limitações de seu sexo".[1] Isso resume o assunto, e quando eu disser, para a sua surpresa, que essa frase foi escrita não em agosto de 1828, mas em agosto de 1928, penso que você vai concordar que, por mais jocosa que seja para nós hoje, ela representa uma vasta opinião – não vou remexer águas passadas, apenas aproveito o que o acaso fez flutuar até mim – que era muito mais vigorosa e franca há um século. Seria preciso uma jovem muito decidida para desconsiderar todas as críticas, repreensões e promessas de recompensas. A pessoa teria que ter sido uma espécie de ativista para dizer a si mesma: ah, mas eles não podem comprar a literatura também. A literatura está aberta a todos. Recuso-me a permitir que você, mesmo que seja um bedel, me negue acesso ao gramado. Tranque as bibliotecas, se quiser; mas não há portões, nem fechaduras, nem cadeados com os quais você conseguirá trancar a liberdade do meu pensamento.

Mas, seja qual for o efeito que o desencorajamento e a crítica tenham tido sobre a escrita delas – e acredito que tenham tido um efeito bem grande –, foi desimportante se comparado a outra dificuldade que as acometia (ainda considerando as romancistas do começo do século XIX) quando se tratava de colocar os pensamentos no papel – isto é, o fato de que não havia nenhuma

---

[1] "Se, como o repórter, você acredita que as mulheres romancistas deveriam aspirar à excelência apenas pelo reconhecimento corajoso das limitações de seu sexo (Jane Austen demonstrou com quanta graça é possível desempenhar esse gesto...)." *Life and Letters*, agosto de 1928. (N. da A.)

tradição para ampará-las, ou a tradição era tão recente e parcial que de pouco servia. Porque nós, mulheres, pensamos através de nossa mãe. É inútil recorrermos aos grandes escritores como ajuda, ainda que os procuremos por prazer. Lamb, Browne, Thackeray, Newman, Sterne, Dickens, De Quincey – seja quem for – nunca ajudaram nenhuma mulher, ainda que elas tenham aprendido alguns truques, adaptando-os para o próprio uso. O peso, o ritmo, o passo da mente de um homem são muito diferentes dos seus para que ela possa aproveitar qualquer coisa de substancial com sucesso. O imitador está muito distante para ser diligente. Talvez a primeira coisa que ela descobriria, ao colocar a pena no papel, é que não há nenhuma frase comum pronta para seu uso. Todos os grandes romancistas, como Thackeray, Dickens e Balzac, escreveram uma prosa natural, rápida sem ser desleixada, significativa sem ser preciosista, usando seus próprios matizes sem deixar de ser de conhecimento público. Eles se baseavam na máxima corrente na época. A máxima corrente no começo do século XIX talvez fosse algo como: "A grandeza de suas obras era uma razão não para que se detivessem, mas para que prosseguissem. Não poderia haver maior satisfação ou estímulo do que o exercício de sua arte e incontáveis gerações de verdade e beleza. O sucesso leva ao empenho, e o hábito facilita o sucesso". Essa é a frase de um homem; por trás dela, é possível enxergar Johnson, Gibbon e os outros. Não se recomendaria que uma mulher usasse uma frase como essa. Charlotte Brontë, com todo o seu esplêndido dom para a prosa, tropeçou e caiu com essa ferramenta atrapalhada nas mãos. George Eliot cometeu atrocidades que superam todas as descrições. Jane Austen deu uma olhada nisso, riu-se e divisou uma frase perfeitamente natural e bem talhada para uso próprio, e nunca mais se desfez dela. Portanto, com menos genialidade para a escrita do que Charlotte Brontë, ela conseguiu dizer infinitamente muito mais. De fato, uma vez que a liberdade e a plenitude de expressão fazem parte da essência da arte, essa falta de tradição, essa escassez e inadequação de ferramentas deve ter dito muito sobre a escrita das mulheres. E mais: um livro não é feito de frases colocadas lado a lado até o fim, mas de frases construídas, se a imagem ajuda, como arcadas ou domos. E essa construção também foi determinada pelos homens a partir de seus próprios desejos e para seu próprio uso. Não há razão para acreditar que a forma da peça poética ou épica se adapte a uma mulher mais do que a frase lhe é adequada. Mas todas as formas antigas de literatura já estavam arraigadas e estabelecidas quando ela se tornou uma escritora. Apenas o romance era jovem o bastante para ser suavizado em suas mãos – mais uma razão, talvez, pela qual ela escrevia romances. Todavia, quem pode dizer que mesmo o "romance" (coloco entre aspas para assinalar meu juízo a respeito da inadequação da palavra), quem pode dizer que mesmo a mais complacente de todas as formas estivesse moldada de maneira correta para seu uso? Sem dúvida, veremos a escritora adaptá-la para si mesma quando tiver o livre uso de seus membros, providenciando novos meios, não necessariamente em versos, para a poesia dentro de si. Porque é à poesia que a vazão ainda é negada. E continuei ponderando como uma mulher, nos dias de hoje, escreveria uma tragédia poética em cinco atos. Ela usaria versos? Será que não preferiria usar prosa?

Mas essas são perguntas difíceis, que jazem no crepúsculo do futuro. Devo deixá-las, mesmo porque elas me estimulam a me afastar do assunto em direção a florestas sem rastro onde me perderei e, muito provavelmente, serei devorada por animais selvagens. Não quero, e tenho certeza de que vocês não querem, falar sobre este assunto sombrio, o futuro da ficção; então, farei aqui uma pausa por um momento a fim de chamar a sua atenção para o grande papel que precisa ser desempenhado nesse futuro pelas condições físicas, no que se refere às mulheres. O livro precisa, de alguma forma, ser adaptado ao corpo, e a esmo alguém poderia dizer que os livros escritos por mulheres deveriam ser mais curtos, mais concentrados do que os escritos por homens, e estruturados de forma tal que elas não precisem de muitas horas de trabalho constante e ininterrupto. Porque sempre haverá interrupções. De novo, as preocupações que alimentam o cérebro pareceriam ser diferentes nos homens e nas mulheres, e, se devem trabalhar melhor e mais arduamente, é preciso descobrir que tratamento se aplica melhor a elas – se estas horas de palestras, por exemplo, que os monges conceberam centenas de anos atrás são convenientes para elas –, de que períodos alternados de trabalho e descanso elas precisam, não considerando descanso como não fazer nada, e sim como fazer algo, mas algo que seja diferente; e o que seria essa diferença? Tudo isso deve ser discutido e descoberto; tudo isso faz parte da questão mulheres e ficção. No entanto, continuei, aproximando-me da estante de novo, onde encontraria esse elaborado estudo da psicologia das mulheres escrito por uma mulher? Se, por sua incapacidade de jogar futebol, as mulheres não forem autorizadas a praticar medicina...

Felizmente, meus pensamentos agora tomavam outra direção.

5

Cheguei, enfim, no curso desta divagação, às estantes que contêm os livros escritos pelos viventes, por mulheres e por homens, uma vez que agora há quase tantos livros escritos por mulheres quanto por homens. Ou, se isso não é bem verdade, se o masculino ainda é o sexo mais loquaz, certamente é verdade que as mulheres não mais escrevem unicamente romances. Há os livros de Jane Harrison sobre arqueologia grega; os de Vernon Lee sobre estética; os de Gertrude Bell sobre a Pérsia. Há livros sobre toda sorte de assuntos nos quais uma geração antes nenhuma mulher poderia ter tocado. Há poemas, peças e críticas; há história e biografias, livros de viagem, livros acadêmicos e de pesquisa; há até alguns de filosofia e livros sobre ciência e economia. E, ainda que predominem, os próprios romances podem muito bem ter mudado em associação com livros de outra lavra. A simplicidade natural, a era épica da escrita das mulheres, pode ter passado. A leitura e a crítica podem ter dado a ela um escopo mais amplo, uma sutileza maior. A inclinação para a autobiografia pode ter se exaurido. Ela pode estar começando a usar a escrita como arte, não como um método de autoexpressão. Entre esses romances, é possível encontrar uma resposta para diversas dessas perguntas.

Peguei um deles ao acaso. Estava bem no final da prateleira, chamava-se *A aventura da vida*[1] ou algo assim, de Mary Carmichael, e tinha sido publicado neste mesmo mês de outubro. Parecia ser o seu primeiro livro, disse a mim mesma, mas é preciso lê-lo como se fosse o último volume de uma série razoavelmente longa, em continuação a todos aqueles outros livros que andei vendo: os poemas de Lady Winchilsea, as peças de Aphra Behn e os romances das quatro grandes romancistas. Porque os livros continuam uns aos outros, apesar de nosso hábito de julgá-los separadamente. E preciso ainda considerá-la – a esta mulher desconhecida – como a descendente de todas as outras mulheres cujas circunstâncias andei examinando e verificar o que ela herdou de suas características e restrições. Então, com um suspiro, porque frequentemente os romances oferecem um anódino em lugar de um antídoto, levam a pessoa a um sono entorpecido em vez de despertá-la com um ferro quente, acomodei-me com um

[1] *A aventura da vida* é um título inventado por Woolf para este ensaio. Acredita-se que ele e sua autora fictícia tenham sido inspirados em Marie Stopes (1880-1958), paleobotânica britânica e pioneira na defesa dos direitos das mulheres e do controle da natalidade, e em seu romance *Love's creation*, escrito sob o pseudônimo Marie Carmichael. (N. da E.)

caderno e um lápis para extrair o possível do primeiro romance de Mary Carmichael, *A aventura da vida*.

Para começar, corri os olhos de alto a baixo pela página. Vou primeiro entender o significado das frases dela, disse eu, antes de carregar minha memória com olhos azuis e castanhos e o relacionamento que talvez surja entre Chloe e Roger. Haverá tempo suficiente para isso depois que eu decidir se ela tem uma pena nas mãos ou uma picareta. Então, testei uma frase ou duas em voz alta. Logo ficou evidente que algo não estava certo. O deslizar suave de frase após frase estava interrompido. Algo rasgava, algo arranhava; uma única palavra aqui e ali apontava sua luz para os meus olhos. Ela estava "se perdendo", como se costumava dizer nas peças de teatro antigas. É como riscar um fósforo que nunca vai se acender, pensei. Mas por que, perguntei a ela como se estivesse presente ali, as frases de Jane Austen não têm o formato certo para você? Todas elas devem ser descartadas porque Emma e o senhor Woodhouse estão mortos? Que pena, suspirei, que fosse assim. Porque, enquanto Jane Austen vai de melodia em melodia como Mozart de música para música, ler este texto era como estar em mar aberto a bordo de um bote. Boiando vai, afundando vem. Essa concisão, esse arquejamento, pode significar que ela tinha medo de alguma coisa, talvez medo de ser chamada de "sentimental"; ou ela se lembrou de que a escrita das mulheres já foi chamada de florida, e assim ofereceu uma superfluidade de espinhos; mas até ter lido uma cena com algum cuidado, não posso ter certeza de que ela está sendo ela mesma ou outra pessoa. De qualquer forma, ela não diminui nossa vitalidade, pensei, lendo com mais atenção. Mas está amontoando muitos fatos. Não vai conseguir usar metade deles num livro desse tamanho. (Tinha metade da extensão de *Jane Eyre*.) Não obstante, de um jeito ou de outro, ela consegue colocar todos nós – Roger, Chloe, Olivia, Tony e o senhor Bigham – em uma canoa rio acima. Espere um momento, disse eu, recostando-me na cadeira, preciso considerar essa coisa toda com mais atenção antes de seguir em frente.

Tenho quase certeza, disse a mim mesma, de que Mary Carmichael está nos pregando uma peça. Porque me sinto como alguém que está em uma ferrovia em zigue-zague quando o vagão, ao contrário de mergulhar, como seria de se esperar, arremete para cima de novo. Mary está bulindo com a ordem esperada. Primeiro, ela rompe com a frase; agora ela rompe com a ordem. Muito bem, ela tem todo o direito de fazer ambas as coisas, mas não se as fizer pelo rompimento em si, e sim por amor à criação. De qual das duas se trata não posso ter certeza até que ela se depare com um dilema. Darei a ela toda a liberdade, disse eu, de escolher que dilema será esse; ela pode construí-lo com os trastes e cacarecos que quiser, mas deverá me convencer de que acredita ser um dilema; e, então, quando ela construir esse dilema, deverá enfrentá-lo. Ela deverá entrar de cabeça. Determinada a cumprir meu dever como leitora se ela cumprir o dela como escritora, virei a página e li... Sinto muito a interrupção tão abrupta. Há algum homem no recinto? Vocês me garantem que atrás daquela cortina vermelha não se esconde a figura de Sir Chartres

Biron? Somos todas mulheres, vocês me asseguram isso? Então eu posso dizer a vocês que as palavras que li em seguida foram estas: "Chloe gostava de Olivia..." Não se espantem. Não se ruborizem. Vamos admitir, na privacidade de nossa própria sociedade, que essas coisas às vezes acontecem. Às vezes as mulheres gostam realmente de mulheres.

"Chloe gostava de Olivia", li. E então me dei conta da enormidade da mudança que estava ali. Chloe gostava de Olivia, provavelmente pela primeira vez na literatura. Cleópatra não gostava de Otávia. E como *Antônio e Cleópatra* teria sido completamente diferente se ela tivesse gostado! Do jeito que é, pensei, deixando, receio, o pensamento divagar um pouco de *A aventura da vida*, a coisa toda é absurdamente simplificada, convencional, se alguém ousasse dizer. O único sentimento de Cleópatra em relação a Otávia é o ciúme. Ela é mais alta que eu? De que jeito ela se penteia? A peça, talvez, não precisasse de mais que isso. Mas como teria sido interessante se o relacionamento entre as duas mulheres tivesse sido mais complicado! Todos os relacionamentos entre mulheres, pensei, repassando rapidamente a esplêndida galeria de mulheres ficcionais, são muito simples. Muita coisa foi deixada de fora, sem ser abordada. E tentei me lembrar de algum caso, no decorrer das minhas leituras, em que duas mulheres tivessem sido representadas como amigas. Há uma tentativa em *Diana of the Crossways*. Elas são confidentes, claro, em Racine e nas tragédias gregas. Aqui e ali elas são mães e filhas. Mas quase sem exceção elas são mostradas dentro de sua relação com os homens. É estranho pensar que todas as grandes mulheres da ficção tenham sido, até o advento de Jane Austen, não só retratadas pelo outro sexo, mas apenas de acordo com sua relação com o outro sexo. E como é pequena essa parcela da vida de uma mulher; e como um homem pouco sabe até sobre isso, quando as observa através dos óculos pretos ou avermelhados que o sexo coloca sobre o nariz dele. Por isso, talvez, a natureza peculiar das mulheres na ficção, os extremos impressionantes de beleza e horror, a alternância entre bondade celestial e depravação demoníaca – porque assim as enxergaria um amante, conforme seu amor aumentasse ou diminuísse, é próspero ou infeliz. Isso não é tão verdadeiro nos romancistas do século XIX, claro. A mulher se torna muito mais diversa e complicada. De fato, foi o desejo de escrever sobre as mulheres, talvez, que levou os homens a, aos poucos, abandonarem o drama poético, que, com sua violência, fazia tão pouco uso delas, para imaginar o romance como um receptáculo mais apropriado. Ainda assim, é óbvio, mesmo na escrita de Proust, que um homem tem dificuldades e é terrivelmente parcial em seu conhecimento das mulheres, assim como uma mulher o é em seu conhecimento dos homens.

Além disso, continuei, baixando de novo os olhos para a página, está ficando evidente que as mulheres, assim como os homens, têm outros interesses fora os interesses perenes da domesticidade. "Chloe gostava de Olivia. Elas dividiam um laboratório juntas..." Continuei lendo e descobri que essas duas jovens estavam empenhadas em fatiar fígados, que é, ao que parece, a cura para a anemia fatal; ainda que uma delas fosse casada e tivesse – acho que estou certa em afirmar – dois filhos pequenos. Tudo isso, é claro, deve ser deixado de lado, e assim a descrição magnífica das mulheres ficcionais é por demais simples e por demais monótona. Suponham, por exemplo, que os homens fossem retratados na literatura somente como os amantes das mulheres, e nunca fossem amigos de homens, ou soldados, pensadores, sonhadores; poucos personagens das peças de Shakespeare poderiam ser a eles atribuídos; como a literatura sofreria! Poderíamos ter quase todo o Otelo e um bom pedaço de Antônio, mas nada de César, nem Brutus, nem Hamlet, nem Lear, nem Jaques – a literatura seria incrivelmente depauperada, como de fato é depauperada além da conta pelas portas que foram fechadas na cara das mulheres. Casadas contra a vontade, confinadas a um cômodo e a uma ocupação, como poderia um dramaturgo fazer um relato completo, interessante ou verdadeiro delas? O amor era o único intérprete possível. O poeta era forçado a ser passional ou amargo, a menos que, de fato, optasse por "odiar as mulheres", o que queria dizer, com frequência, que não era atraente para elas.

Agora, se Chloe gosta de Olivia e elas dividem um laboratório, o que por si só já fará essa amizade ser mais variada e duradoura, porque será menos pessoal; se Mary Carmichael sabe escrever, e eu estava começando a perceber alguma qualidade no estilo dela; se ela tem um espaço próprio, mas disso não tenho certeza absoluta; se ela dispõe de quinhentas libras por ano para si – mas isso ainda não foi verificado –, então eu acho que algo de grande importância aconteceu.

Porque se Chloe gostar de Olivia e Mary Carmichael souber como expressar isso, ela acenderá uma tocha em um aposento vasto onde ninguém jamais esteve. É todo meia-luz e sombras profundas, como aquelas cavernas sinuosas nas quais alguém entra com uma vela, perscrutando de alto a baixo, sem saber onde está pisando. E recomecei a ler o livro, e li que Chloe observou Olivia colocar um pote em uma prateleira e dizer que já era hora de ir para casa ver as crianças. Está aí algo que nunca se viu desde que o mundo é mundo, exclamei. E observei também, com muita curiosidade. Pois queria ver como Mary Carmichael trabalharia para apreender aqueles gestos sem registro, aquelas palavras não ditas ou ditas pela metade, que se formam sozinhas, não mais palpáveis do que a sombra de mariposas no teto, quando as mulheres estão sozinhas, obscurecidas pela luz colorida e caprichosa do outro sexo. Ela vai ter que prender a respiração, disse eu, continuando a ler, se for fazer isso; porque as mulheres são tão desconfiadas de quaisquer interesses que não encerrem motivos óbvios, acostumadas de forma tão terrível ao encobrimento e à ocultação, que se evadem assim que um olhar tremulante se volta em sua direção para observá-las. A única maneira de fazer isso, pensei, dirigindo-me a Mary Carmichael como se ela estivesse ali, seria falar sobre outra coisa, olhando firmemente através da janela, e assim anotar, não com o lápis no caderno, mas com a mais concisa das taquigrafias, em palavras que mal formam sílabas, o que acontece quando Olivia, esse organismo que esteve sob a sombra de uma rocha por milhões de anos, sente a luz incidir e percebe vir a seu encontro uma porção de um alimento estranho – conhecimento, aventura, arte. E ela se esforça para alcançá-lo, pensei, levantando os olhos da página de novo, e ela tem que imaginar uma combinação inteiramente nova de seus expedientes, tão altamente desenvolvidos para outros propósitos, para absorver o novo dentro do velho sem perturbar o equilíbrio infinitamente intrincado e elaborado do todo.

Mas, ah!, fiz justo o que estava determinada a não fazer; deixei escapar, sem pensar, elogios para o meu próprio sexo. "Altamente desenvolvido... infinitamente intrincado..." são termos inegavelmente elogiosos, e elogiar o próprio sexo é sempre suspeito, com frequência tolo; e mais, neste caso, como justificá-los? Uma pessoa não pode apontar para o mapa e dizer que Colombo descobriu a América e Colombo era mulher, ou apanhar uma maçã e observar que Newton descobriu as leis da gravidade e Newton era mulher, ou olhar para o céu e dizer que há aviões voando sobre nossa cabeça e os aviões foram inventados por mulheres. Não há marcas na parede para determinar a altura precisa das mulheres. Não há fitas métricas, cuidadosamente divididas em frações de centímetro, que alguém possa usar para as qualidades de uma boa mãe ou para a devoção de uma filha, ou a fidelidade de uma irmã, ou a competência de uma governanta. Poucas mulheres, mesmo hoje, se formaram nas universidades; os grandes desafios das profissões, exército e marinha, comércio, política e diplomacia, mal as testaram. Elas permanecem, até este momento, quase sem classificação. Mas se eu quiser saber tudo o que um ser humano pode me dizer sobre Sir Hawley Butts, por exemplo, basta abrir Burke ou Debrett e descobrirei que ele tem esse e aquele diploma, é proprietário de uma mansão, tem um herdeiro, foi secretário de um comitê, representou a Grã-Bretanha no Canadá e recebeu um certo número de graus, comendas, medalhas e outras distinções pelas quais seus méritos ficaram nele gravados de forma indelével. Só a Providência conseguiria saber mais sobre Sir Hawley Butts.

Quando, portanto, digo "altamente desenvolvido", "infinitamente intrincado" a respeito das mulheres, sou incapaz de comprovar minhas palavras seja com Whitaker, Debrett ou com o diretório da universidade. Nessa situação complicada, que posso fazer? Olhei para a estante de novo. Ali estavam as biografias: Johnson, Goethe, Carlyle, Sterne, Cowper, Shelley, Voltaire, Browning e tantos outros. E passei a pensar em todos esses grandes homens que, por uma razão ou por outra, admiraram certas pessoas do sexo oposto, buscaram-nas, conviveram com elas, fizeram-lhes confidências, dormiram com elas, escreveram sobre elas, confiaram nelas e demonstraram o que só pode ser descrito como uma necessidade e uma dependência delas. Que todos esses relacionamentos eram absolutamente platônicos, não posso afirmar, e Sir William Joynson Hicks provavelmente o negaria. Mas muito falharíamos com esses homens ilustres se disséssemos que eles não obtiveram dessas alianças nada além do agrado, da bajulação e dos prazeres do corpo. O que eles obtiveram, isso é óbvio, foi algo que seu próprio sexo era incapaz de prover; e não seria um exagero, talvez, ir além e definir, sem citar as palavras indubitáveis e rapsódicas dos poetas, como estímulo, como uma renovação do poder criativo que se encerra no dom que somente ao sexo oposto cabe conceder. Ele abriria a porta da sala de estar ou da sala das crianças, pensei, e talvez a encontrasse em meio aos filhos, ou com uma peça de bordado sobre o joelho – seja como for, o centro de uma ordem e um sistema de vida diferentes, e o contraste entre aquele mundo e o dele, que poderia ser o das cortes judiciais ou da Câmara dos Comuns, ao mesmo tempo lhe traria alívio e um novo vigor; e se seguiria, mesmo na conversa mais comum, uma diferença de opiniões tal que as ideias ressecadas dentro dele seriam fertilizadas sob nova forma; e a visão dela criando em um ambiente diferente do dele aceleraria seu poder criativo de tal forma que sua mente estéril voltaria a maquinar de novo, e ele encontraria a frase ou a cena que estava faltando quando colocara o chapéu para ir visitá-la. Todo Johnson tem sua Thrale, e agarra-se a ela por razões como essas, e quando Thrale se casa com seu professor de música italiano, Johnson quase enlouquece de raiva e desgosto,[1] não só porque vai sentir falta das noites agradáveis em Streatham, mas também porque a luz da vida dele ficará "como que apagada".

Sem ser o doutor Johnson ou Goethe ou Carlyle ou Voltaire, é possível sentir, embora de forma muito diferente da desses grandes homens, a natureza dessa complexidade e o poder dessa faculdade criativa altamente desenvolvida das mulheres. Alguém entra em uma sala... mas os recursos do idioma seriam estirados

[1] Woolf se refere à amizade entre o poeta, crítico, biógrafo e ensaísta Samuel Johnson (1709-1784) e a escritora Harriet Lynch Thrale (1763-1784), que terminou por ocasião do casamento desta com o compositor italiano Gabriel Piozzi. (N. da E.)

ao extremo, e bandos inteiros de palavras teriam que voar de forma ilegítima em direção à existência antes que uma mulher possa dizer o que acontece quando ela entra em uma sala. As salas diferem completamente; são calmas ou atordoantes; dão para o mar ou, pelo contrário, para o pátio interno de uma prisão; estão cobertas de aluvião; ou vivas com opalas e sedas; são duras como pelo de cavalo ou macias como penas – basta entrar em qualquer sala de qualquer rua para ser atingido em cheio por toda essa força da feminilidade, extremamente complexa. E como poderia ser diferente? Pois as mulheres permaneceram dentro de casa por milhões de anos, então a essa altura até as paredes estão impregnadas com sua força criativa, que de fato deve ter sobrecarregado tanto a capacidade dos tijolos e da argamassa que precisa se atrelar a penas, pincéis, negócios e política. Mas esse poder criativo difere muito do poder criativo do homem. E qualquer um concluiria que seria mil vezes uma pena se isso fosse retardado ou desperdiçado, pois foi conquistado em séculos da mais drástica disciplina, e não há nada que possa tomar o seu lugar. Seria mil vezes uma pena se as mulheres escrevessem como os homens, ou vivessem como eles, ou se parecessem com eles, pois se dois sexos é bastante inadequado, considerando a vastidão e a variedade do mundo, como faríamos com apenas um? A educação não deveria aflorar e fortalecer as diferenças em vez das similaridades? Porque já temos muita afinidade do jeito que está, e se um explorador trouxesse a novidade de outros sexos olhando para outros céus através dos galhos de outras árvores, nada seria de grande utilidade para a humanidade, e nós teríamos o imenso prazer de poder assistir ao professor X lançar-se em busca de seus instrumentos de medição para provar que é superior.

Mary Carmichael, pensei, ainda pairando a curta distância sobre a página, moldará sua obra como se fosse uma mera observadora. Receio, de fato, que ela fique tentada a se tornar o que considero o tipo menos interessante da espécie – o romancista-naturalista, e não o contemplativo. Há muitos fatos para ela observar. Ela não vai mais precisar se limitar às casas respeitáveis da classe média alta. Circulará sem gentileza ou condescendência, mas com o espírito da irmandade, pelos cômodos onde se sentam a cortesã, a prostituta e a dama com o cachorro de estimação. Ali elas ainda se sentam com suas roupas mal-acabadas, que o escritor colocou à força sobre seus ombros. Mas Mary Carmichael vai sacar sua tesoura e moldar cada sobra e cada canto. Será uma visão interessante, quando surgir, a dessas mulheres como elas são, mas precisamos esperar um pouco, porque Mary Carmichael ainda estará inibida por sua autoconsciência do "pecado" que é o legado de nossa barbaridade sexual. Ela ainda usará nos pés os velhos grilhões vergonhosos do gênero feminino.

Não obstante, a maioria das mulheres não é prostituta nem cortesã; nem ficam sentadas apertando cachorros de estimação durante as tardes de verão. Mas, então, o que elas fazem? E me veio à mente uma daquelas ruas compridas em algum lugar ao sul do rio, cujas fileiras de casas são inumeravelmente populosas. Na minha imaginação, vi uma senhora bem idosa atravessando a rua, de braço dado com uma mulher de meia-idade, sua filha, talvez, ambas calçadas com botas e envoltas em casacos de pele tão respeitáveis que vestir-se para a tarde devia ser um ritual, e as roupas, guardadas em cômodas com cânfora, ano após ano, durante os meses de verão. Elas atravessam a rua quando os postes de luz começam a se acender (uma vez que o anoitecer é seu momento preferido), da mesma forma que devem fazer ano após ano. A mais velha está perto dos oitenta, mas se alguém perguntasse o que a vida significou para ela, ela responderia que se lembrava das ruas iluminadas na Batalha de Balaclava[1] ou que tinha ouvido a salva de tiros no Hyde Park por ocasião do nascimento do rei Eduardo VII. E se alguém lhe perguntasse, com a intenção de determinar o momento com data e época, mas o que a senhora estava fazendo no dia 5 de abril de 1868, ou no dia 2 de novembro de 1875, ela ficaria insegura e diria que não consegue se lembrar de nada. Pois todos os jantares foram preparados; os pratos e copos, lavados; as crianças, enviadas para a escola e soltas no mundo. Disso tudo, nada permaneceu. Tudo se desvaneceu. Nem as biografias nem a história têm algo a dizer sobre isso. E os romances, mesmo sem querer, é inevitável que mintam.

Ainda falta que todas essas vidas infinitamente obscuras sejam registradas, pensei, dirigindo-me a Mary Carmichael como se ela estivesse presente; e prossegui no pensamento pelas ruas

---

[1] Na Guerra da Crimeia, em 1854. (N. da E.)

de Londres, sentindo na imaginação a pressão da mudez, o acúmulo da vida sem registro, seja das mulheres nas esquinas, de mãos na cintura e anéis incrustados em dedos gordos e inchados, falando e gesticulando no ritmo das palavras de Shakespeare; seja das vendedoras de violetas ou de fósforos e das velhas encarquilhadas paradas sob as marquises; ou das moças cujo rosto, como ondas sob o sol e as nuvens, reflete a entrada de homens e mulheres e as luzes bruxuleantes das vitrines das lojas. Você terá que explorar tudo isso, disse eu a Mary Carmichael, segurando firme a tocha nas mãos. Acima de tudo, você deve iluminar a própria alma, com suas profundezas e superficialidades, suas vaidades e generosidades, e dizer o que a sua beleza significa para você, ou a sua simplicidade, e qual é a sua relação com o mundo sempre em mutação das luvas e dos sapatos e das coisas que oscilam para lá e para cá em meio aos aromas sufocantes que saem dos vidros dos farmacêuticos para as galerias com tecidos para vestidos e assoalho de mármore falso. Pois, na minha imaginação, eu havia entrado em uma loja; seu piso era preto e branco; havia fitas coloridas de uma beleza estonteante penduradas. Mary Carmichael bem que poderia dar uma olhada nisso de relance, pensei, pois é uma vista que se presta à pena com tanta propriedade quanto qualquer pico nevado ou desfiladeiro rochoso dos Andes. E há também a moça atrás do balcão – eu preferiria sua história real à centésima quinquagésima vida de Napoleão ou o septuagésimo estudo sobre Keats e seu uso da inversão de Milton que o velho professor Z. e seus semelhantes estavam escrevendo ultimamente. E continuei, com cuidado, pisando em ovos (de tão covarde que sou, com tanto medo da chicotada que quase levei certa vez), murmurando que ela também deveria aprender a dar risada, sem amargura, das vaidades – ou, se preferir, das peculiaridades, por ser uma palavra menos ofensiva – do outro sexo. Pois há um lugar do tamanho de uma moedinha na parte de trás da nossa cabeça que nunca conseguimos ver. É um dos bons ofícios que o sexo pode prestar ao sexo – descrever esse lugar do tamanho de uma moedinha na parte de trás da nossa cabeça. Pense em como as mulheres tiraram proveito dos comentários de Juvenal, das críticas de Strindberg. Pense na humanidade e no brilhantismo com que os homens, desde a mais remota era, têm chamado a atenção das mulheres para esse lugar obscuro na parte de trás da cabeça! E se Mary

fosse corajosa e muito honesta, ela se colocaria atrás do outro sexo e nos contaria o que encontrou ali. O retrato verdadeiro de um homem por inteiro nunca poderá ser pintado até que uma mulher tenha descrito esse lugar do tamanho de uma moedinha. O senhor Woodhouse e o senhor Casaubon são lugares desse tamanho e natureza. Claro que ninguém em seu juízo perfeito a aconselharia a expor-se ao escárnio e ao ridículo de propósito – a literatura mostra a futilidade do que é escrito nesse espírito. Seja verdadeira, alguém diria, e é certo que o resultado será surpreendentemente interessante. É certo que a comédia se enriquecerá. É certo que novos fatos serão descobertos.

Não obstante, já era hora de baixar os olhos de novo para a página. Seria melhor, em vez de especular sobre o que Mary Carmichael poderia e deveria ter escrito, ver o que de fato

Mary Carmichael escreveu. Então, recomecei a ler. Lembrei que tinha algumas queixas a respeito dela. Ela havia quebrado a frase de Jane Austen, e assim não me dera nenhuma chance de me gabar do meu bom gosto impecável e do meu ouvido sensível. Pois era inútil dizer: "Sim, sim, isso é muito agradável; mas Jane Austen escrevia muito melhor do que você" se eu tinha de admitir que não havia nenhum ponto de semelhança entre elas. Depois ela foi além e quebrou a sequência – a ordem esperada. Talvez ela o tenha feito de forma inconsciente, meramente dando às coisas sua ordem natural, como faria uma mulher se ela escrevesse como uma mulher. Mas o efeito era algo desconcertante; não se via uma onda se levantando, uma crise se avizinhando. Por isso eu não podia me gabar dos meus sentimentos mais íntimos e do meu profundo conhecimento do coração humano. Pois sempre que eu estava prestes a sentir as coisas familiares nos lugares familiares, sobre o amor, sobre a morte, a criatura irritante me arrancava dali, como se o mais importante ainda estivesse por vir. E assim ela impossibilitou que eu desfiasse meu rol de frases harmoniosas sobre "sentimentos elementares", a "matéria-prima comum da humanidade", "as profundezas do coração humano" e todas as frases que apoiam nossa crença de que, não importa quanto sejamos inteligentes na superfície, somos muito sérios, muito profundos e muito humanos por dentro. Pelo contrário, ela me fazia sentir que, em vez de sérios, profundos e humanos, poderíamos ser – e essa ideia era bem menos atraente – simplesmente preguiçosos e, de quebra, convencionais.

Mas continuei a ler e notei outros fatos. Ela não era nenhum "gênio", isso era evidente. Não tinha nada parecido com o amor pela natureza, a imaginação aguçada, a poesia desenfreada, a perspicácia brilhante, a sabedoria ameaçadora de suas grandes predecessoras, Lady Winchilsea, Charlotte Brontë, Emily Brontë, Jane Austen e George Eliot; ela não conseguia escrever com a melodia e a dignidade de Dorothy Osborne – de fato, ela não era nada mais que uma garota inteligente cujos livros seriam transformados em aparas pelos editores no prazo de dez anos. Mas, apesar disso, ela possuía certas vantagens que, meio século antes, faltavam a mulheres de dom muito maior. Para ela, os homens não eram mais "as vozes oponentes"; ela não precisava perder tempo insurgindo-se contra eles, não precisava subir no telhado e arruinar sua paz de espírito ansiando por viagens, experiências e um conhecimento de mundo e de pessoas que lhe eram negados. O medo e o ódio tinham quase desaparecido, ou alguns vestígios deles apareciam apenas no leve exagero sobre as alegrias da liberdade, uma tendência ao sarcasmo e à sátira, em lugar do romantismo, na sua abordagem do outro sexo. Assim, não resta dúvida de que, como romancista, ela desfrutava de algumas vantagens naturais de alta grandeza. Ela possuía uma sensibilidade muito ampla, ávida e livre. Respondia ao mais imperceptível dos estímulos. Deleitava-se, como um broto no ar, com todas as vistas e os sons que encontrava pela frente. Estendia-se também, de forma sutil e curiosa, entre as coisas quase desconhecidas e não registradas; iluminava-se com pequenas coisas e mostrava que, afinal de contas, talvez não fossem tão pequenas assim. Trazia à luz coisas enterradas e fazia pensar na necessidade de enterrá-las em primeiro lugar. Por mais desajeitada que fosse, ou por mais que ela não tivesse o toque inconsciente da pena que faz o mero virar de páginas de um Thackeray ou de um Lamb ser um prazer para os ouvidos, ela havia – comecei a achar – dominado a primeira grande lição; escrevia como uma mulher, mas como uma mulher que se esquecera de que era mulher, de forma que suas páginas estavam repletas daquela qualidade sexual curiosa que aparece apenas quando o sexo não tem consciência de si mesmo.

Tudo isso era bom. Mas nenhuma abundância de sensações ou refinamento de percepções seria útil a menos que ela construísse, a partir do que é passageiro e particular, o edifício duradouro que ainda haveria de ser inaugurado. Eu havia dito que esperaria até ela se deparar com um "dilema". E com isso quis dizer: até que ela provasse, invocando, atraindo e integrando, que não apenas arranhava as superfícies, mas que havia olhado além, em meio às profundezas. Agora é a hora, ela diria a si mesma a certa altura, em que, sem fazer nada violento, posso mostrar o significado de tudo isso. E ela começaria – como é inconfundível esse despertar! – a invocar e convocar, e coisas triviais, meio esquecidas nos capítulos pelo caminho, talvez viessem a surgir na memória. E ela faria essa presença ser notada enquanto alguém costura ou fuma um cachimbo da maneira mais natural possível, e a pessoa se sentiria, conforme ela continuasse a escrever, como se estivesse no topo do mundo e tudo estivesse ali, a seus pés, de forma magnífica.

De qualquer modo, ela estava fazendo uma tentativa. E, conforme eu a observava alongar-se para a prova, vi, com esperanças de que ela não tivesse notado, os bispos e os reitores, os médicos e os professores, os patriarcas e os pedagogos, todos em cima dela gritando avisos e conselhos. Você não pode fazer isso e não vai fazer aquilo! Somente estudantes e professores são admitidos no gramado! Não aceitamos senhoras sem carta de recomendação! Graciosas romancistas aspirantes, por aqui! Assim eles estavam em cima dela como a multidão nas cercas em dia de páreo, e o teste consistia em ultrapassar o obstáculo sem olhar para a direita ou a esquerda. Se parar para praguejar, estará perdida, eu disse a ela; a mesma coisa se parar para rir. Se hesitar ou se atrapalhar, estará acabada. Pense apenas no salto, implorei, como se tivesse apostado todo o meu dinheiro nela; e ela passou como um pássaro. Mas havia um obstáculo depois desse e outro obstáculo depois daquele. Se ela tinha o poder de aguentar, eu tinha minhas dúvidas, porque os aplausos e os gritos eram de esfrangalhar os nervos. Mas ela fez o melhor que pôde. Considerando que Mary Carmichael não era um gênio, mas uma garota desconhecida escrevendo o primeiro romance numa quitinete, sem ter o suficiente do que seria de desejar – tempo, dinheiro e ócio –, ela não se saiu mal, pensei.

Dê a ela mais cem anos, concluí, lendo o último capítulo – o nariz e os ombros descobertos das pessoas apareciam sob um céu estrelado, pois alguém havia puxado as cortinas da sala de estar –, dê-lhe um espaço, um teto todo seu e quinhentas libras por ano, deixe que ela diga o que lhe passa na cabeça e deixe de fora metade do que ela hoje inclui, e ela escreverá um livro melhor algum dia. Será uma poetisa, disse eu, colocando *A aventura da vida*, de Mary Carmichael, no final da prateleira, dentro de cem anos.

6

No dia seguinte, a luz da manhã de outubro caía em feixes empoeirados através de janelas sem cortinas, e o zumbido do tráfego começava nas ruas. Londres se levantava outra vez, a fábrica se movimentava, as máquinas começavam a trabalhar. Depois de tanto ler, era tentador olhar pela janela e ver o que Londres estava fazendo na manhã de 26 de outubro de 1928. E o que Londres estava fazendo? Ninguém, ao que parece, estava lendo *Antônio e Cleópatra*. Londres era totalmente indiferente, ao que parecia, às peças de Shakespeare. Ninguém dava a mínima – e não os culpo – para o futuro da ficção, a morte da poesia ou o desenvolvimento, na mulher comum, de um estilo de prosa que expressasse seu pensamento por completo. Se as opiniões sobre qualquer desses assuntos tivessem sido escritas a giz na calçada, ninguém teria parado para lê-las. A indiferença dos pés apressados as teria apagado em meia hora. Aqui vem um menino de recados; ali, uma mulher com o cachorro na coleira.

O que fascina nas ruas de Londres é que não há duas pessoas semelhantes; cada uma parece comprometida com seus assuntos particulares. Havia os negociantes com suas sacolinhas; os andarilhos batendo seus bastões nas grades da região; personagens amáveis, para quem as ruas eram um clube, saudando os homens nos coches e dando informações pelas quais ninguém perguntara. Também havia cortejos fúnebres, aos quais os homens, subitamente lembrados da efemeridade do próprio corpo, tiravam o chapéu. E um cavalheiro muito distinto que descia devagar as escadas e parou para evitar uma colisão com uma senhora agitada que havia, de um jeito ou de outro, adquirido um esplêndido casaco de pele e um buquê de violetas-de-parma. Todos pareciam à parte uns dos outros, absortos nos próprios afazeres.

Nesse momento, como acontece em Londres com frequência, houve uma completa calmaria e a suspensão do tráfego. Nada descia a rua; ninguém passava. Uma única folha desprendeu-se do plátano no final da via e, durante aquela pausa e suspensão, caiu. De alguma forma, era como se um sinal caísse, um sinal indicando a força de coisas despercebidas. Parecia apontar para um rio que, correndo invisível, contornando a esquina, descendo a rua, apanhava as pessoas e as redemoinhava, como a correnteza em Oxbridge havia apanhado o estudante em seu barco e as folhas mortas. Agora trazia de um lado para o outro da rua, na diagonal, uma garota de botas de couro de montaria, e depois um jovem de sobretudo castanho; também trouxe um táxi, e trouxe todos os três juntos a um ponto exatamente abaixo da minha janela, onde o táxi parou, a garota e o jovem pararam e entraram no táxi, e então o carro deslizou como se tivesse sido varrido pela corrente para outro lugar.

A cena era mesmo cotidiana; o que era estranho era a ordem ritmada que minha imaginação tinha atribuído a ela e o fato de que a visão corriqueira de duas pessoas entrando em um táxi tivesse o poder de comunicar um pouco de sua aparente satisfação. A visão de duas pessoas descendo a rua e se encontrando na esquina parecia aliviar algum peso da mente, pensei, ao observar o táxi virar e ir embora. Talvez pensar – como eu estivera pensando nos últimos dois dias – em um sexo como diferente do outro seja um esforço. Interfere na unidade da mente. Agora esse esforço cessara, e essa unidade tinha sido restaurada ao ver duas pessoas se encontrarem e entrarem em um táxi. A mente é mesmo um órgão misterioso, refleti, ao afastar a cabeça da janela, sobre o qual absolutamente nada se sabe, apesar de dependermos dele tão completamente. Por que sinto que há divisões e oposições na mente, da mesma forma que há tensões advindas de causas óbvias no corpo? O que eles querem dizer com "unidade da mente"?, ponderei, pois está claro que a mente tem um poder tão grande de concentrar-se em um ponto a qualquer momento que parece não ter um estado único de existência. Pode separar-se das pessoas nas ruas, por exemplo, e considerar-se à parte delas, observando-as de uma janela no alto. Ou pode pensar junto com outras pessoas de forma espontânea, como, por exemplo, quando está em meio ao povo esperando que as notícias sejam lidas. Pode relembrar através dos pais e das mães, uma vez que eu já disse que, ao escrever, uma mulher relembra através da mãe. De novo, se alguém é mulher, esse alguém se surpreenderá frequentemente com o súbito rompimento da consciência, digamos, ao caminhar por Whitehall, quando, de herdeira natural daquela civilização, ela se torna, ao contrário, alheia a ela, pária e crítica. É claro que a mente está sempre alterando seu foco e mostrando o mundo de diferentes perspectivas. Mas alguns desses estados de espírito parecem, mesmo que adotados espontaneamente, menos agradáveis que outros. Para manter-se neles, a pessoa se reprime de forma inconsciente, e aos poucos essa repressão se torna uma extenuação. Mas deve haver algum estado de espírito em que a pessoa possa permanecer sem esforço, porque nada há para ser reprimido. E talvez este, pensei ao afastar-me da janela, seja um deles. Pois certamente, quando vi o casal entrar no táxi, a mente se sentiu, depois de ter sido dividida, como se tivesse sido unida em uma fusão natural. A razão óbvia seria a de que é natural que os sexos cooperem entre si. Há um instinto profundo, se não irracional, em favor da teoria de que a união de um homem e uma mulher colabora para uma satisfação generalizada, para a mais completa felicidade. Mas a visão de duas pessoas entrando em um táxi e a satisfação que isso me proporcionou também me fizeram questionar se haveria dois sexos na mente, correspondentes ao sexo do corpo, e se eles também precisam estar unidos para a satisfação e a felicidade completa. E prossegui, de forma superficial, para o esboço de um esquema da alma pelo qual em cada um de nós residiriam duas forças, uma masculina e uma feminina; no cérebro do homem, este predomina sobre a mulher, e no cérebro da mulher, esta predomina sobre o homem. O estado de espírito normal e cômodo é aquele em que os dois estão juntos em harmonia, cooperando espiritualmente. Se a pessoa é um homem, ainda assim a porção mulher de seu cérebro deve produzir resultados; e a mulher também deve se comunicar com o homem que há dentro de si. Talvez seja isso que Coleridge quis dizer quando afirmou que as grandes mentes são andróginas. É quando ocorre essa fusão que a mente é fertilizada por completo e usa todas as suas faculdades. Talvez uma mente que seja puramente masculina não consiga criar, e o mesmo ocorre com a mente puramente feminina, pensei. Mas seria melhor verificar o que másculo-feminina e, por oposição, feminil-masculina querem dizer, fazendo uma pausa e observando um livro ou dois.

Coleridge, com certeza, não quis dizer, quando afirmou que as grandes mentes são andróginas, que se trata de uma mente que nutre uma simpatia especial em relação às mulheres, uma mente que abraça a causa delas e se devota a interpretá-las. Talvez a mente andrógina seja menos apta a fazer essas distinções do que a mente unissexual. Ele quis dizer, talvez, que a mente andrógina é ressonante e porosa, que transmite emoções sem empecilhos, que é naturalmente criativa, incandescente e indivisa. De fato, é possível retomar a mente de Shakespeare como do tipo andrógino, másculo-feminina, embora seja impossível afirmar o que Shakespeare pensava das mulheres. E se é verdade que um dos indícios de uma mente desenvolvida por inteiro é que ela não pensa o sexo separadamente, de forma especial, como é mais difícil ater-se a essa condição agora do que jamais foi! Eis que chego aos livros de escritores ainda vivos, e ali me detenho e indago se esse fato não estaria no cerne de algo que há tempos me intriga. Nenhuma época pode ter sido tão consciente do sexo, de forma tão aguda, como a nossa; os inúmeros livros sobre homens e mulheres que há no Museu Britânico são a prova disso. A campanha pelo sufrágio, sem dúvida, teve parte nisso. Deve ter despertado nos homens o desejo extraordinário de autoafirmação; deve tê-los feito enfatizar o próprio sexo e suas características, no que eles não precisariam pensar se não tivessem sido desafiados. E quando alguém é desafiado, mesmo que seja por umas poucas mulheres usando boinas pretas, há retaliação, e, se essa pessoa nunca tiver sido desafiada antes, das pesadas. Isso talvez justifique algumas das características que lembrei ter encontrado aqui, pensei, ao apanhar o novo romance do senhor A., que está no auge da idade e, aparentemente, é bem-conceituado em meio aos críticos. Abri. De fato, era uma delícia ler a escrita de um homem de novo. Era tão direta, tão franca, em comparação à escrita das mulheres... Indicava tanta liberdade de pensamento, tanta liberdade de personalidade, tanta confiança em si mesmo... Era possível ter uma sensação de bem-estar físico na presença daquela mente bem-nutrida, bem-educada, livre, que nunca fora contrariada ou sofrera oposições, e sempre tivera liberdade desde o nascimento para estender-se em todos os sentidos que quisesse. Tudo era admirável. Mas depois de ler um capítulo ou dois, uma sombra parecia jazer sobre a página.

Era uma faixa escura e reta, uma sombra parecida com a da letra I.[1] Era preciso esquivar-se de um lado para outro para conseguir um vislumbre da paisagem atrás dela. Se era uma árvore ou uma mulher caminhando, não sei ao certo. Antes, as pessoas eram saudadas com a letra I. Depois, cansaram-se da letra I. Não que esse I fosse mais respeitável; honesto e lógico, duro feito pedra, e educado durante séculos de bons aprendizados e boas refeições. Respeito e admiro esse I do fundo do coração. Mas – aqui virei uma página ou duas, procurando por uma coisa ou outra – o pior de tudo é que na sombra da letra I tudo é disforme como a névoa. Aquilo é uma árvore. Não, é uma mulher. Mas... ela não tem um osso no corpo, pensei, ao observar Phoebe, pois esse era o seu nome, cruzar a praia. Então Alan se levantou, e a sombra de Alan de pronto obliterou Phoebe. Pois Alan tinha opiniões, e Phoebe estava sufocada pelo fluxo delas. Então Alan, pensei, tem paixões; e aqui virei página após página rapidamente, pressentindo que uma crise se aproximava, e foi o que aconteceu. Ocorreu na praia, sob o sol. Ocorreu abertamente. Energicamente. Nada poderia ter sido mais indecente. Mas... Tenho dito "mas" com muita frequência. Não se pode ficar dizendo "mas". É preciso terminar a frase de algum jeito, repreendi a mim mesma. Devo terminá-la: "Mas estou entediada!" Mas por que eu estava entediada? Em parte por causa da predominância da letra I e da aridez que, tal qual a faia gigante, se espalha à sua sombra. Nada brotará ali. E

[1] Trocadilho com a letra I e o pronome I, "eu" em português. (N. da E.)

em parte por alguma razão obscura. Parecia haver algum obstáculo, algum empecilho na mente do senhor A. que bloqueava a fonte de energia criativa e a represava dentro de seus limites estreitos. E relembrando aquele almoço em Oxbridge, as cinzas do cigarro, o gato manx, Tennyson e Christina Rossetti, todos na mesma turma, parecia possível que o empecilho estivesse ali. Se ele não murmura mais "Esplêndida, essa lágrima que tomba da flor mais passional junto ao portão!" com a respiração apertada, quando Phoebe passa pela praia, e ela não responde mais "Qual pássaro canoro, não é mudo meu vivo coração, que ninho tem" quando Alan se aproxima, o que se pode fazer? Sendo honesta como o dia e lógica como o sol, só há uma coisa que ele pode fazer. E faz, verdade seja dita (disse a mim mesma, ao virar as páginas), repetidas vezes. E isso, acrescentei, consciente da natureza terrível da confissão, parecia tedioso de alguma forma. A indecência de Shakespeare desarraiga mil coisas na mente das pessoas, e está longe de ser tediosa. Mas Shakespeare faz isso por prazer; o senhor A., como diria a enfermeira, faz isso de propósito. Ele faz isso em protesto. Está protestando contra a igualdade do outro sexo por meio da afirmação da própria superioridade. Está, portanto, embaraçado, inibido e constrangido, da mesma forma que Shakespeare teria ficado se tivesse conhecido a senhorita Clough e a senhorita Davies. Sem dúvida, a literatura elisabetana teria sido bem diferente do que é se o movimento das mulheres tivesse começado no século XVI em vez de no século XIX.

Então, o resumo é que, se essa teoria das duas faces da mente se sustentar, a virilidade se tornou consciente de si mesma – quer dizer, os homens agora escrevem apenas com o lado masculino do cérebro. É um erro que as mulheres os leiam, porque inevitavelmente procurarão por algo que não vão encontrar. É do poder da sugestão que mais sentimos falta, pensei, ao apanhar nas mãos o senhor B., o crítico, e ler, com muito cuidado e muito respeito, suas anotações sobre a arte da poesia. Elas eram muito oportunas, aguçadas e repletas de conhecimento; mas o problema é que os sentimentos do senhor B. não eram mais partilhados, sua mente parecia dividida em cômodos diferentes, o som não passava de um para o outro. Assim, quando levamos uma frase dele à mente, ela cai com um baque no chão – morta; mas quando levamos à mente uma frase de Coleridge, ela explode e dá à luz todos os outros tipos de ideia, e esse é o único jeito de escrever do qual se pode dizer que possui o segredo da vida perene.

Mas seja qual for a razão, o fato é que é preciso lamentar. Porque significa – eis que chego às fileiras de livros do senhor Galsworthy e do senhor Kipling – que algumas das mais refinadas obras dos nossos maiores escritores vivos acabam em ouvidos moucos. Não importa o que faça, uma mulher não consegue enxergar nelas a fonte da vida perene que os críticos lhe garantem existir. Não é só porque essas obras exaltam as virtudes masculinas, reforçam valores masculinos e descrevem o mundo dos homens; é porque a emoção permeada nesses livros é incompreensível para uma mulher. É promissora, é agregadora, está prestes a irromper, dir-se-ia muito antes do final. O quadro vai cair sobre a cabeça do velho Jolyon, ele vai morrer com a pancada, o velho escrevente vai dizer duas ou três frases a respeito dele em seu obituário, e todos os cisnes do Tâmisa vão eclodir num canto simultâneo. Mas precipitar-se-ia para fora antes que isso acontecesse, e esconder-se-ia nos arbustos de groselha, porque a emoção que é tão profunda, tão sutil, tão simbólica para um homem leva a mulher a um estado de maravilhamento. O mesmo com os oficiais do senhor Kipling que dão as costas; seus Semeadores, que semeiam a Semente; os Homens que estão sozinhos com seu Trabalho; e a Bandeira – uma pessoa coraria com todas essas maiúsculas, como se tivesse sido pega ouvindo atrás da porta de uma orgia puramente masculina. O fato é que nem o senhor Galsworthy nem o senhor Kipling tinham sequer um lampejo da mulher dentro de si. Por isso, todas as qualidades deles parecem a uma mulher, se é possível generalizar, brutas e imaturas. Falta-lhes o poder sugestivo. E quando um livro carece de poder sugestivo, não importa com que firmeza ele atinja a superfície da mente, não consegue penetrar nela.

E naquele estado inquieto no qual se tiram livros e se os colocam de volta sem olhá-los, passei a vislumbrar uma época por vir de virilidade pura e assertiva, como as cartas dos professores (considere as cartas de Sir Walter Raleigh, por exemplo) pareciam pressagiar e os governantes da Itália já haviam trazido à luz. Pois uma pessoa não consegue deixar de se impressionar, em Roma, com o senso de masculinidade exacerbado; seja qual for o valor da masculinidade exacerbada para o Estado, é possível questionar o efeito dela sobre a arte da poesia. De qualquer forma, de acordo com os jornais, há uma certa ansiedade com relação à ficção na Itália. Houve um encontro de acadêmicos cujo objetivo era "desenvolver o romance italiano". "Homens famosos de nascença ou pertencentes a corporações financeiras, industriais ou fascistas" se reuniram outro dia para discutir o assunto, e um telegrama foi enviado ao *Duce*, manifestando a esperança de que "a era fascista logo faça nascer um poeta digno dela."[1] Poderíamos todos nos reunir em torno da mesma esperança, mas é duvidoso que a poesia possa nascer de uma incubadora. A poesia deve ter uma mãe, assim como um pai. O poema fascista, temer-se-ia, será um abortozinho pavoroso como aqueles que podem ser vistos dentro de potes de vidro no museu de uma cidade do interior. Tais monstros nunca vivem muito, dizem; nunca se viu um prodígio desse tipo cortando grama em um campo. Duas cabeças em um só corpo não fazem muito pela longevidade.

No entanto, a culpa de tudo isso, se alguém estiver ansioso para atribuir culpas, não mais recai sobre um sexo mais do que sobre o outro. Todos os sedutores e reformistas são responsáveis: Lady Bessborough, quando mentiu para lorde Granville; a senhorita Davies, quando disse a verdade para o senhor Greg. Todos os que trouxeram à tona um estado de autoconsciência sobre o sexo são culpados, e são eles que me levam, quando quero desenvolver minhas faculdades em um livro, a procurá-las naquela época feliz, antes de a senhorita Davies e a senhorita Clough terem nascido, quando o escritor usava igualmente ambos os lados da

[1] Na época da publicação de *Um teto todo seu*, em 1929, Benito Mussolini (*Il Duce*, como era conhecido) e o Partido Nacional Fascista governavam a Itália, censurando materiais, inclusive literários, que fossem contra o regime. (N. da E.)

mente. É preciso se voltar para Shakespeare, pois Shakespeare era andrógino, assim como Keats, Sterne, Cowper, Lamb e Coleridge. Shelley talvez fosse assexuado. Milton e Ben Jonson tinham um pouco mais do masculino em si. Da mesma forma Wordsworth e Tolstói. Em nosso tempo, Proust era completamente andrógino, se não, talvez, um pouco demasiado mulher. Mas essa falha é muito rara para que alguém se queixe, uma vez que sem a mistura dos gêneros o intelecto parece predominar, e as outras faculdades da mente se endurecem e se tornam estéreis. No entanto, eu me consolava com o pensamento de que talvez esta seja uma fase de transição; muito do que eu disse em cumprimento à minha promessa de dar a vocês a minha linha de pensamento vai parecer datado; muito do brilho de meus olhos vai parecer incerto àquelas de vocês que ainda não amadureceram.

Mesmo assim, a primeira frase de todas as que vou escrever aqui, disse eu ao me aproximar da escrivaninha e apanhar a página com o cabeçalho "As mulheres e a ficção", é que é fatal, para qualquer um que escreva, pensar no próprio sexo. É fatal ser um homem ou uma mulher pura e simplesmente; é preciso ser feminil-masculino ou másculo-feminino. É fatal para uma mulher dedicar o mínimo esforço a qualquer luto, defender mesmo que com justiça a causa que for, falar conscientemente como mulher em qualquer situação. E fatal não é uma figura de linguagem; pois qualquer coisa escrita sob esse preconceito consciente está fadada à morte. Deixa de ser profícua. Por mais brilhante, efetiva, poderosa e magistral que possa parecer durante um dia ou dois, vai murchar ao cair da noite; não consegue crescer na mente dos outros. Um pouco de colaboração é necessária entre a mulher e o homem na mente antes que a arte da criação possa ser atingida. Um certo casamento dos opostos deve ser consumado. A totalidade da mente precisa estar aberta para termos a sensação de que o escritor está transmitindo sua experiência com perfeita plenitude. É preciso haver liberdade, é preciso haver paz. Nenhuma roda deve ranger, nenhuma luz deve piscar. As cortinas devem ser fechadas. O escritor, pensei, assim que sua experiência acabar, deve recostar-se e deixar que a mente celebre suas bodas na escuridão. Ele não deve olhar ou questionar o que está sendo feito. Em vez disso, deve desfolhar as pétalas de uma rosa ou observar os cisnes flutuarem calmamente rio abaixo. E novamente vi a correnteza que levou o barco, o estudante e as folhas mortas; e o táxi levou o homem e a mulher, pensei, vendo-os encontrar-se do outro lado da rua, e a corrente varreu-os dali, pensei, ouvindo ao longe o ronco do tráfego de Londres, para dentro daquela correnteza tremenda.

Aqui, então, Mary Beton para de falar. Ela contou a vocês como chegou à conclusão – à prosaica conclusão – de que é necessário ter quinhentas libras por ano e um aposento com tranca na porta para escrever ficção ou poesia. Ela tentou desnudar os pensamentos e as impressões que a levaram a pensar dessa forma. Ela pediu que vocês acompanhassem seu voo em direção aos braços de um bedel, almoçando aqui, jantando ali, fazendo desenhos no Museu Britânico, apanhando livros das prateleiras, olhando através da janela. Enquanto ela fazia todas essas coisas, vocês, sem dúvida, estiveram observando suas falhas e suas fraquezas e decidindo que efeitos tiveram nas opiniões dela. Vocês a contradisseram e providenciaram quaisquer acréscimos e deduções que lhes pareceram justas. É exatamente como deveria ser, porque em uma questão como essa só se pode obter a verdade demonstrando muitas variações de erro. E encerrarei agora com minha própria voz, antecipando duas críticas, tão óbvias que vocês não poderão deixar de fazê-las.

Nenhuma opinião foi emitida, vocês podem dizer, em relação aos méritos comparativos dos sexos mesmo como escritores. Isso foi proposital, porque, mesmo que fosse o momento de tal avaliação – e é muito mais importante no momento saber quanto dinheiro as mulheres tinham, e quanto espaço, do que teorizar sobre suas capacidades –, mesmo que fosse o momento, não acredito que os dons, sejam eles da mente ou da personalidade, possam ser medidos como açúcar e manteiga, nem mesmo em Cambridge, onde eles são tão adeptos de classificar as pessoas e atribuir-lhes importância e colocar títulos junto ao nome delas. Não acredito que nem a *Table of Precedency*, que podemos encontrar no *Almanaque de Whitaker*,[1] represente uma ordem final de valores, ou que haja uma boa razão para acreditar que

[1] O *Almanaque de Whitaker* é um livro de referência publicado anualmente. Uma de suas seções destina-se à precedência, isto é, ao tratamento de dignitários em eventos oficiais. (N. da E.)

um Comandante do Banho vai enfim se dispor a jantar depois do Mestre em Insanidade. Toda essa peleja de sexo contra sexo, de qualidade contra qualidade; todo esse clamor por superioridade e essa imputação de inferioridade pertencem ao estágio colegial da existência humana, no qual há "lados" e é necessário que um lado derrote o outro, e é de extrema importância subir em uma plataforma para receber das mãos do próprio diretor um troféu ornamentadíssimo. Conforme amadurecem, as pessoas deixam de acreditar em lados ou em diretores ou em troféus ornamentadíssimos. De qualquer forma, no que diz respeito aos livros, é notória a dificuldade de atribuir rótulos de méritos de modo que não desgrudem. As resenhas da literatura corrente não são uma ilustração perpétua da dificuldade de julgamento? "Este ótimo livro", "este livro inútil", o mesmo livro é definido dos dois jeitos.
Tanto o elogio quanto a culpa não significam nada. Não, por mais agradável que o passado de comparações tenha sido, é a mais fútil das ocupações; e submeter-se às leis da comparação, a mais servil das atitudes. Contanto que você escreva o que tiver vontade de escrever, isso é tudo o que importa; e se isso importará por eras ou por horas, ninguém pode afirmar. Mas sacrificar uma ínfima parte de sua visão, uma só de suas nuances, em deferência a um diretor qualquer com um troféu prateado nas mãos ou a um professor qualquer com uma fita métrica na manga é a mais abjeta das traições; e o sacrifício de riqueza e castidade que era tido como o maior dos desastres humanos é um nada em comparação.

Em seguida, acho que vocês vão alegar que em tudo isto eu dei muita importância às coisas materiais. Mesmo deixando uma margem generosa para o simbolismo – de que quinhentas libras por ano representam o poder da contemplação, de que uma fechadura na porta significa o poder de pensar por si mesma –, ainda assim vocês poderiam dizer que a mente deveria se colocar acima de todas essas coisas; e que os grandes poetas com frequência foram homens pobres. Permitam-me, então, citar as palavras do seu querido professor de literatura, que sabe melhor do que eu o que contribui para a feitura de um poeta. Sir Arthur Quiller-Couch escreveu:[1]

> Quais são os grandes nomes poéticos dos últimos cem anos, mais ou menos? Coleridge, Wordsworth, Byron, Shelley, Landor, Keats, Tennyson, Browning, Arnold, Morris, Rossetti, Swinburne – podemos parar por aí. Entre esses, todos, menos Keats, Browning e Rossetti, eram homens de universidade, e, desses três, Keats, que morreu jovem, interrompido no auge, era o único que não tinha posses. Parece uma coisa cruel de se dizer, e é uma coisa triste de se dizer, mas a dura realidade é que a teoria de que a genialidade poética aparece onde quiser, e igualmente em pobres e ricos, não é bem verdade. A dura realidade é que nove daqueles doze homens pertenciam a universidades: o que significa que de um modo ou de outro eles obtiveram os meios de receber a melhor educação que a Inglaterra podia oferecer. A dura realidade é que, dos três restantes, vocês sabem que Browning era bem de vida, e duvido que, se não fosse bem de vida, ele tivesse conseguido escrever *Saul* ou *The Ring and the Book* tanto quan-

[1] *The Art of Writing*, de Sir Arthur Quiller-Couch. (N. da A.)

> to Ruskin teria podido escrever *Modern Painters* se seu pai não tivesse prosperado nos negócios. Rossetti tinha uma pequena renda particular e, além do mais, pintava. Resta então Keats, que Átropos assassinou muito jovem, da mesma forma que encerrou John Clare em um sanatório e assassinou James Thomson por meio do láudano que ele tomou para drogar seu desapontamento. São fatos terríveis, mas encaremo-los. É certo que – por mais desonroso que seja para nós, como nação –, por alguma falha do nosso estado democrático, o poeta pobre não tem hoje em dia, nem teve durante duzentos anos, a mais remota chance. Acreditem em mim – passei a maior parte de dez anos observando algo como trezentas e vinte escolas de ensino básico –, podemos tagarelar sobre democracia, mas, de fato, uma criança pobre na Inglaterra tem tanta esperança quanto o filho de um escravo ateniense de ser emancipado na liberdade intelectual da qual os grandes escritos se originam.

Ninguém teria dito melhor. "O poeta pobre não tem hoje em dia, nem teve durante duzentos anos, a mais remota chance [...] uma criança pobre na Inglaterra tem tanta esperança quanto o filho de um escravo ateniense de ser emancipado na liberdade intelectual da qual os grandes escritos se originam." É isso. A liberdade intelectual depende de coisas materiais. A poesia depende da liberdade intelectual. E as mulheres sempre foram pobres, não só por duzentos anos, mas desde o começo dos tempos. As mulheres gozam de menos liberdade intelectual do que os filhos dos escravos atenienses. As mulheres, portanto, não tiveram a mais remota chance de escrever poesia. É por isso que dei tanta ênfase ao dinheiro e ao espaço próprio. No entanto, graças à labuta das mulheres obscuras do passado, de quem eu gostaria de saber mais, graças, curiosamente, a duas guerras – a da Crimeia, que permitiu que Florence Nightingale saísse de casa, e a Europeia,[1] que abriu as portas para a mulher comum cerca de sessenta anos mais tarde –, esses males estão prestes a ser corrigidos. Não fosse assim, vocês não estariam aqui esta noite, e a sua chance de ganhar quinhentas libras por ano, por mais precária que ainda seja, seria extremamente minúscula.

Ainda assim, poderiam vocês argumentar, por que você atribui tanta importância a essa escrita de livros pelas mulheres se, de acordo com o que diz, isso requer tanto esforço, leva ao assassinato da tia de alguém, fará quase certamente alguém se atrasar para o almoço, e pode implicar alguém em discussões muito sérias com certos sujeitos interessantes? Meus motivos, devo admitir, são em parte egoístas. Assim como muitas inglesas sem educação formal, gosto de ler – gosto de ler pilhas de livros. Ultimamente, minha dieta se tornou um pouquinho monótona; a história fala demais sobre guerras; as biografias, demais sobre grandes homens; a poesia tem mostrado, penso eu, uma tendência à esterilidade, e a ficção... mas já expus o suficiente minhas inabilidades como crítica da ficção moderna, e não direi mais nada sobre o assunto. Por essa razão, eu pediria a vocês que escrevessem todo

[1] Trata-se da Primeira Guerra Mundial (1914-18), quando as mulheres assumiram o posto de trabalho de muitos homens que prestavam serviço militar. (N. da E.)

tipo de livro, não hesitando diante de nenhum tema, por mais trivial ou vasto que seja. De qualquer maneira, espero que vocês tenham dinheiro suficiente para viajar e vagar, para contemplar o futuro ou o passado do mundo, para sonhar com livros, tardar em esquinas de ruas e deixar que a linha de pensamento mergulhe fundo na correnteza. Porque de jeito nenhum quero confiná-las à ficção. Se dependesse de mim – e há milhares como eu –, vocês escreveriam livros de viagens e aventuras, pesquisas e bolsas de estudo, história e biografia, crítica, filosofia e ciência. Ao fazerem isso, vocês certamente favorecerão a arte da ficção. Pois os livros têm a tendência de influenciar uns aos outros. A ficção será bem melhor se estiver de mãos dadas com a poesia e a filosofia. Além do mais, se vocês considerarem qualquer grande figura do passado, como Safo, como a senhora Murasaki, como Emily Brontë, vão descobrir que ela é tanto a herdeira como a criadora, e veio a existir porque as mulheres vieram a ter naturalmente o hábito de escrever; então, mesmo como um prelúdio para a poesia, esse tipo de atividade da parte de vocês seria inestimável.

Mas quando releio estas notas e critico minha própria linha de raciocínio quando as escrevi, descubro que meus motivos não foram de todo egoístas. Em meio a esses comentários e essas discussões, permeia a convicção – ou seria o instinto? – de que bons livros são desejáveis e de que bons escritores, mesmo que revelem toda a variedade da depravação humana, ainda são seres humanos do bem. Assim, quando lhes peço que escrevam mais livros, estou a incitá-las a fazer o melhor para vocês e o melhor para o mundo como um todo. Não sei como justificar este instinto ou esta crença, pois as palavras filosóficas, se a pessoa não foi educada em uma universidade, tendem a soar falsas. O que se entende por "realidade"? Pareceria ser algo muito irregular, muito incerta... ora para ser encontrada em uma estrada poeirenta, ora em um pedaço de jornal rasgado na rua, ora um narciso sob o sol. Ilumina um grupo reunido em uma sala e pontua algumas conversas casuais. É avassaladora para quem caminha para casa sob as estrelas e torna o mundo silente mais real que o mundo da fala – e lá está ela de novo em um ônibus em meio ao barulho da Piccadilly. Às vezes, também, parece residir em formas muito distantes de nós para que distingamos a sua natureza. Mas seja lá o que toque, ela fixa e torna permanente. É isso o que fica quando o dia acaba; é o que resta do tempo passado e dos nossos amores e ódios. Agora o escritor, penso eu, tem a chance de viver mais do que as outras pessoas na presença dessa realidade. É a sua função encontrá-la, coletá-la e transmiti-la ao restante de nós. É o que infiro ao ler *Rei Lear*, *Emma* ou *Em busca do tempo perdido*. Pois ler esses livros parece desempenhar uma operação curiosa de burilação dos sentidos; vê-se de forma mais clara depois disso; o mundo parece despido de suas cobertas e provido de vida mais intensa. Essas são as pessoas invejáveis que vivem em inimizade com a irrealidade; e esses são os deploráveis, que levam na cabeça pelas coisas feitas sem conhecimento ou cuidado. Portanto, quando lhes peço que ganhem dinheiro e tenham um espaço para si, estou pedindo, ao que parece, que levem uma vida revigorante na presença da realidade, quer consigam ou não transmiti-la.

Aqui eu pararia, mas a coação das convenções decreta que toda palestra deve terminar com uma peroração. E uma peroração dirigida às mulheres deveria, vocês vão concordar, conter algo enaltecedor e enobrecedor. Deveria implorar a vocês que se lembrem de suas responsabilidade, de serem maiores, mais espiritualizadas; deveria lembrá-las de quanto depende de vocês, e de quanta influência vocês podem exercer no futuro. Mas essas exortações podem tranquilamente, penso eu, ser deixadas para o outro sexo, que as tratará, como de fato tem feito, com muito mais eloquência do que eu poderia almejar. Quando esquadrinho a minha mente, não encontro sentimentos magnânimos sobre ser companheira, justa e influenciar o mundo a fins mais dignos. Ouço-me dizer breve e prosaicamente que é muito mais importante ser você mesma do que qualquer outra coisa. Não sonhem com influenciar outras pessoas, eu diria se soubesse como fazer isso soar de modo sublime. Pensem nas coisas por si mesmas.

E de novo sou lembrada, ao folhear jornais, romances e biografias, que quando uma mulher fala a outras mulheres ela deve ter algo bastante desagradável escondido na manga. As mulheres são implacáveis com as mulheres. As mulheres não gostam das mulheres. As mulheres... ah, mas vocês não estão enjoadas dessa palavra? Garanto que eu estou. Vamos concordar, então, que um artigo para mulheres lido por uma mulher deve terminar com algo especialmente desagradável.

Mas como fazer isso? O que eu poderia pensar? A verdade é que, em geral, gosto das mulheres. Gosto de sua inconvencionalidade. Gosto de sua sutileza. Gosto de sua anonimidade. Gosto... mas não devo enveredar por esse caminho. Aquele armário ali... vocês disseram que abriga apenas guardanapos limpos; mas e se Sir Archibald Bodkin estiver escondido entre eles? Deixem-me adotar, então, um tom mais rigoroso. Nas palavras já ditas, terei conseguido lhes transmitir de forma satisfatória as admoestações e reprovações da raça humana? Falei sobre a opinião ruim que o senhor Oscar Browning tem de vocês. Aludi ao que Napoleão pensava de vocês e ao que Mussolini pensa hoje em dia. Depois, caso alguma de vocês almeje a ficção, copiei para o seu bem o conselho de um crítico

sobre o reconhecimento corajoso das limitações do seu sexo. Fiz referências ao professor X e dei destaque à sua declaração de que as mulheres são intelectual, moral e fisicamente inferiores aos homens. Dei a vocês tudo o que me caiu nas mãos sem que eu tivesse ido procurar, e eis aqui minha advertência final – vinda do senhor John Langdon Davies.[1] O senhor John Langdon Davies adverte as mulheres de que "quando as crianças não mais forem desejáveis, as mulheres deixarão de ser necessárias". Espero que vocês tomem nota disso.

Como eu poderia continuar a encorajá-las a seguir em frente na vida? Minhas jovens, eu diria, e prestem atenção porque

[1] *A Short History of Women*, de John Langdon Davies. (N. da A.)

a peroração começa aqui, vocês são, na minha opinião, vergonhosamente ignorantes. Vocês nunca fizeram uma descoberta de qualquer importância. Vocês nunca abalaram um império ou lideraram um exército para a batalha. As peças de Shakespeare não falam de vocês, e vocês nunca apresentaram as bênçãos da civilização a um bando de bárbaros. Qual é a sua desculpa? É fácil dizer, ao apontar para as ruas, os quarteirões e as florestas do mundo fervilhante de habitantes negros, brancos e cor de café, todos ocupados e atarefados no trânsito, nas empresas e no sexo: nós tínhamos outro trabalho a fazer. Sem os nossos feitos, esses mares seriam inavegáveis e essas terras férteis, um deserto. Demos à luz, criamos, banhamos e ensinamos, talvez até a idade de seis ou sete anos, um bilhão e seiscentos e vinte e três milhões de seres humanos que, de acordo com as estatísticas, existem neste momento, e isso, mesmo que tenhamos tido ajuda, leva tempo.

Há certa verdade no que vocês alegam, não negarei. Mas, ao mesmo tempo, posso lembrá-las de que há pelo menos duas faculdades para mulheres na Inglaterra desde 1866; que, a partir de 1880, foi permitido por lei que a mulher casada tivesse posse de sua propriedade; e que em 1919 – apenas nove anos atrás – a ela foi dado o voto? Posso lembrar também que a maioria das ocupações está acessível a vocês já faz quase dez anos? Ao refletir sobre esses imensos privilégios e o período de tempo durante o qual tem sido possível desfrutá-los, e o fato de que deve haver, neste exato momento, umas duas mil mulheres capazes de ganhar mais de quinhentas libras por ano de um jeito ou de outro, vocês hão de concordar que a desculpa da falta de oportunidade, instrução, encorajamento, lazer ou dinheiro não mais se sustenta. Além do mais, os economistas nos dizem que a senhora Seton teve filhos demais. Vocês devem, é claro, continuar a ter filhos, mas, segundo eles dizem, dois ou três, e não doze ou treze.

Assim, com algum tempo nas mãos e alguma educação formal no cérebro – vocês já tiveram o suficiente da do outro tipo, e foram enviadas à faculdade em parte, suspeito eu, para desaprender –, vocês com certeza poderão dar o próximo passo em uma carreira muito longa, muito trabalhosa e altamente obscura. Mil penas estão prontas para lhes sugerir o que fazer e que efeito isso terá. Minha própria sugestão é um pouco fantasiosa, admito; prefiro, portanto, desvendá-la na forma de ficção.

Eu disse a vocês no decorrer deste ensaio que Shakespeare tinha uma irmã; mas não procurem por ela na vida do poeta escrita por Sir Sidney Lee. Ela morreu cedo, pobrezinha, nunca escreveu uma linha. Está enterrada no local onde hoje os ônibus fazem parada, em frente a Elephant and Castle. Mas acredito que essa poeta que nunca escreveu uma linha e foi enterrada no cruzamento ainda está viva. Ela está viva em você e em mim, e em muitas outras mulheres que não estão aqui esta noite, porque estão lavando a louça ou colocando os filhos na cama. Mas ela está viva, pois os grandes poetas nunca morrem; são presenças duradouras, precisam apenas de uma oportunidade para andar entre nós em carne e osso. Essa oportunidade, acredito, está agora ao alcance de vocês. Pois acredito que se vivermos por mais um século – estou falando da vida comum que é a vida real, não das vidinhas isoladas que levamos como indivíduos – e tivermos quinhentas libras por ano e um espaço próprio; se cultivarmos o hábito da liberdade e a coragem de escrever exatamente o que pensamos; se fugirmos um pouco das salas de visitas e enxergarmos o ser humano não apenas em relação aos outros, mas em relação à realidade, ao céu, às árvores ou a qualquer coisa que possa existir em si mesma; se olharmos além do fantasma de Milton, porque nenhum ser humano deveria bloquear nossa visão; se encararmos o fato, porque é um fato, de que não há em quem se apoiar, e de que seguimos sozinhas e nossa relação é com o mundo da realidade e não só com o mundo de homens e mulheres, então a oportunidade surgirá, e a poeta morta que era a irmã de Shakespeare encarnará no corpo que tantas vezes ela sacrificou. Extraindo sua vida da vida das desconhecidas que foram suas antepassadas, como seu irmão fez antes dela, ela nascerá. Quanto à sua vinda sem essa preparação, sem esse esforço de nossa parte, sem a certeza de que, quando ela renascer, poderá viver e escrever sua poesia, isso não podemos esperar, porque seria impossível. Mas insisto que ela virá se trabalharmos por ela, e que esse trabalho, seja na pobreza, seja na obscuridade, vale a pena.

Posfácio

Noemi Jaffe[1]

No meio do gramado onde almoça Mary Beton passa um gato sem rabo. O animal defeituoso deixa cair uma sombra sobre uma tarde até então luminosa. "Pobre animal, sem rabo no meio do gramado. Teria ele nascido assim ou perdera o rabo em um acidente? O gato sem rabo, embora se afirme que habite a ilha de Man, é mais raro do que se imagina. É estranha a diferença que um rabo faz."

Ao receber a encomenda de proferir uma palestra sobre o tema mulheres e ficção no Newnham College e no Girton College, duas faculdades frequentadas por mulheres dentro da Universidade de Cambridge, em 1928, Virginia Woolf es-

[1] Escritora e crítica literária.

colhe um caminho tortuoso. Não fala sobre ficção feminina, nem sobre o papel da mulher nos livros de ficção, nem exatamente traça uma história da mulher na ficção (embora acabe fazendo um panorama cronológico desse assunto), mas, após longas digressões, decide endossar uma profissão de fé: do que precisa uma mulher para escrever ficção? Nada além de quinhentas libras por ano e de um teto todo seu.

Sua abordagem não é propriamente estilística, teórica ou mesmo literária. É basicamente pragmática. Para escrever ficção, uma mulher precisa de dinheiro e de espaço não mais do que suficientes para si. E por quê? Para resumir em breves palavras um longo ensaio ficcional de pouco mais de cem páginas, porque a mulher que escreve ficção é um gato sem rabo.

A balada em que Virginia Woolf se inspirou para criar a personagem (*alter ego*, pseudônimo, heterônimo) Mary Seton, a mulher que ao longo de um dia pensa sobre o tema mulheres e a ficção, é "Mary Hamilton", do folclore escocês. Mary Hamilton, supostamente, é dama de companhia de uma rainha. Acontece que a criada engravida do rei. Ciente do perigo que corre, ela mata o bebê assim que ele nasce. Flagrada em delito, é condenada à morte. Seu nome, na balada, é Mary Hamilton, mas poderia ser Mary Beton, Mary Seton ou Mary Carmichael. Ou Virginia Woolf. Ou Maria da Silva.

As mulheres, para Woolf – mesmo as que não escrevem ficção –, são punidas pelo sacrifício que são obrigadas a fazer. Ao menos até o início do século XX, na Inglaterra, quando elas já tinham conquistado o direito de voto (a principal reivindicação das feministas até então, quando se chegou a confundir as palavras "feminismo" e "sufragismo") e podiam trabalhar e ter bens próprios.

Mary Seton, a personagem encarnada por Woolf para viver empiricamente o drama de ter de falar sobre mulheres e ficção, vive numa era de muita evolução, ao menos em relação aos séculos cujas mulheres ela relembra, desde o XVI, época de Shakespeare, até o XIX, século de George Eliot (pseudônimo de Mary Ann Evans), entre outras. Mesmo assim, a própria Mary é repreendida por um bedel da universidade em que passeia, por ocupar um gramado em que só homens podem pisar. "O cascalho era o meu lugar." Em seguida, ao tentar, distraidamente, adentrar a biblioteca para conduzir suas pesquisas sobre mulheres escritoras, ela é novamente barrada por outro bedel, que lhe relembra a obviedade da interdição de mulheres naquela biblioteca. Mary aceita a evidência. Continua a caminhada, almoça fartamente com os homens da universidade – e é nesse momento que ela observa o gato sem rabo, que passa (como tudo passa) – e, mais tarde, janta com mulheres. Em comparação à refeição masculina, farta e requintada, a das mulheres é apenas trivial e satisfatória.

Mary Seton põe-se a refletir sobre a diferença das refeições: "[...] esta faculdade dentro da qual estávamos sentadas, o que jazia sob seus nobres tijolos vermelhos e os gramados selvagens e desleixados do jardim? Que força estaria por trás do conjunto de pratos lisos nos quais jantamos, e (escapou da minha boca antes que eu pudesse evitar) do bife, do creme inglês e das ameixas?". Pois, para ela, "o brilho no meio da espinha não se acende com bife e ameixas". As ameixas, ao final de um dia de trabalho, gerariam um estado de espírito equívoco e limitado.

A resposta que o próprio ensaio oferece para as perguntas acima, para quem estaria por trás do lauto repasto masculino e da equívoca refeição feminina é, sem dúvida e novamente: o gato sem rabo. Abaixo dos nobres tijolos vermelhos, dos selvagens e desleixados gramados, e por trás dos pratos lisos estão: mulheres, mulheres, mulheres – e também operários e estrangeiros (mas, dentre estes, principalmente as mulheres). Mulheres necessariamente pobres, desfalcadas de espaço, tempo e linguagem, ao longo de séculos de aquisição de riqueza, conhecimento e poder por parte dos homens.

Mas não há muito o que dizer sobre isso. Que acusação se pode fazer contra esses homens que, afinal, ergueram as universidades e a cultura? Quase nada. "A única acusação que posso fazer contra estudantes e professores de qualquer universidade que seja é a de eles terem afugentado meu pequeno peixe para proteger seus gramados cultivados durante trezentos anos a fio."

Pequenos peixes, gatos sem rabo, gravidezes indevidas, delitos flagrantes, fugas malsucedidas, desejos emudecidos – nada disso ergue catedrais, castelos e bancos, que às vezes até abrigam esses peixes e gatos interessados em escrever sobre mulheres e ficção.

Um teto todo seu é, sem dúvida, além de caudaloso e denso, também um ensaio que causa estranhamento. Quem recebeu a encomenda foi Virginia Woolf, mas quem narra praticamente o ensaio inteiro é Mary Seton (ou Carmichael, ou Hamilton ou

Beton), que, por sua vez, é a voz atualizada de uma outra personagem de ficção. A estrutura do ensaio é permanentemente interrompida por quebras repentinas de assunto, desvios de rota, referências metalinguísticas ("porque a verdade... As reticências marcam o ponto onde, em busca da verdade, perdi a entrada para Fernham"), aparentes digressões e muita ironia. Acima de tudo, muitas vezes, o leitor pode ter a sensação de que a autora escapou à solicitação. Mas, afinal, e as mulheres e a ficção? Ela vai ou não vai chegar lá?

Não, ela não vai, porque "lá" não existe e é isso o que o ensaio mostra na própria carne do texto. Os limites entre ficção e realidade não estão claramente explicitados neste ensaio porque o tema mulheres e ficção é, em si mesmo, uma espécie de ficção. Praticamente não houve mulheres ficcionistas na história oficial da literatura inglesa até o século XX, com exceção de muito poucas, as quais também viveram sob pseudônimo, risco e penúria. Houve, sem dúvida, inúmeras personagens femininas, complexas e poderosas, mas que, se vivas, mal poderiam roçar a complexidade ficcional, pois estariam cuidando dos filhos, do marido e da casa.

As contínuas quebras que o texto propõe, aparentando hesitação e até erro, são justamente transposições textuais do pensamento da narradora e da realidade feminina que vai se revelando ao longo e na própria construção ensaístico-narrativa. Como estabelecer uma linha contínua e fronteiras claras se quase sempre há um bedel pedindo que se caminhe no cascalho, outro interrompendo a entrada na biblioteca? Se não se pode fisgar um pequeno peixe, se falta o rabo ao gato e é preciso comer ameixas?

"A maioria das mulheres não tem nenhum caráter"; "As mulheres são o extremo: elas são melhores ou piores do que os homens"; "As mulheres são intelectual, moral e fisicamente inferiores aos homens". Mary Seton quer descobrir por que e do que os homens estão com raiva e quer também conhecer o passado da mulher para poder preparar o seu futuro, que é, entre outras coisas, uma das maiores contribuições deste ensaio.

Algumas das conclusões – inexatas – a que ela chega é que a raiva dos homens é proveniente de uma estratégia propriamente masculina. Para que se sintam superiores, os homens precisariam de espelhos que aumentassem suas dimensões ao menos com o dobro de seu tamanho natural. É claro que esses espelhos são as mulheres. Mas é justamente sua inferioridade, sua atuação como reflexos obedientes, que causa raiva no sujeito espelhado. O espelho é inferior, e se assim não for considerado vai deixar de cumprir sua função especular.

Muitos escritores (e escritoras) poderão reagir criticamente à ideia de mulheres e ficção, pois não se deveria atribuir razões tão banais e objetivas como falta de dinheiro e de espaço para um problema supostamente mais complexo, de natureza sociológica, antropológica, política e, quem sabe, até estética. Mas Woolf, através da sábia escolha da personagem comum Mary, sintetiza a questão, pelo andamento da ficção e da própria vida – que é sem dúvida maior que a teoria –, mostrando que, no frigir dos ovos, para uma Mary qualquer, o que conta mesmo é um espaço próprio. "É notável a mudança de humor que uma renda fixa consegue causar."

Pois a literatura, esse mito intocável, especialmente até o final do século XIX, ao menos para Mary Seton e Virginia Woolf, é como "uma teia de aranha". Mas não se trata daquela teia de aranha exclusivamente metafórica e antropomórfica, o que a manteria em estado de suspensão simbólica e mágica. Não. Essa teia compreende, de forma entrecruzada e interdependente, a beleza, o simbolismo, a memória, a inteligência, a intuição, mas também – e com igual importância – a saúde, o dinheiro e a casa onde se mora.

Entretanto, a própria Mary, embora barrada por dois bedéis, admite que quase tudo já mudou em sua época. Ela tem seu dinheiro, um espaço para si, pode fazer a pesquisa (afinal, recebeu a encomenda), pode votar e há dezenas de mulheres escrevendo. No século XIX, ela observa, chegou-se a falar do amor de uma mulher por outra e provavelmente a grande heroína deste ensaio (além de Mary Hamilton), a irmã fictícia de Shakespeare, que se suicidou por não poder realizar seu destino como atriz, teria sobrevivido (ainda que mal) se fosse viva no início do século XX.

"Daqui a um século muito possivelmente eles [os valores] terão mudado por completo." E ainda: "Seria mil vezes uma pena se as mulheres escrevessem como os homens, ou vivessem como eles, ou se parecessem com eles, pois se dois sexos é bastante inadequado, considerando a vastidão e a variedade do mundo, como faríamos com apenas um? A educação não deveria aflorar e fortalecer as diferenças em vez das similaridades?"

Bem, estamos aqui, agora, há praticamente um século da publicação do ensaio *Um teto todo seu*. Como previa Woolf, as conquistas femininas são ainda maiores, em grande parte do mundo: divórcio, pílula anticoncepcional, realização profissional em todas as frentes, direito pleno ao estudo, educação mista, escolha ou não da maternidade, possibilidade de criar um filho sozinha, homossexualidade em discussão permanente, salários cada vez mais próximos aos dos homens e, no Brasil, uma presidenta. Centenas de mulheres escritoras, prêmios Nobel de literatura, mulheres com renda e espaço para si. Será que se uma de nós, uma Maria da Silva, passeando pelo *campus* de uma universidade após receber a encomenda aparentemente esdrúxula e anacrônica de escrever sobre mulheres e ficção no ano de 2013, não veria mais passar um gato sem rabo?

Sinto dizer que veria.

Essa mulher escritora, com seu dinheiro na carteira e dona de um espaço só seu, acordaria de manhã e se olharia no espelho, como fizeram Virginia Woolf, as irmãs Brontë e até a irmã fictícia de Shakespeare. Ela veria cabelos brancos, rugas, cansaço. Tomaria uma decisão contundente: "Sou escritora, estou chegando à meia-idade, conquistei tudo aquilo por que lutei. Não me importo com as marcas do meu corpo". Mas essa decisão não seria verdadeira. Ela precisaria se convencer disso, o que não seria fácil. A imagem no espelho lhe devolveria uma pergunta: como o outro de mim, o espelho, que me faz ver o que em mim é diferente de mim – o homem, a outra mulher, o passado, a família, as experiências, os amigos –, como ele (ela) pode permanecer como o outro e não como uma imagem ideal de um eu que nunca chegarei a ser? Por que, após tantas conquistas, ainda quero ser mais e melhor do que sou? E o que é ser melhor – além dos limites da imagem de uma outra atrelada a um eu que precisa sempre se convencer de si?

Ainda não nos esquecemos de que somos mulheres, nem ao escrever nem em nada, e a literatura continua sendo uma teia de aranha com conteúdos pragmáticos, embora diferentes. Não conquistamos a androginia de Coleridge, em que a mente "é ressonante e porosa, que transmite emoções sem empecilhos, que é naturalmente criativa, incandescente e indivisa". As conquistas femininas continuam sendo não mais do que "conquistas" às quais as mulheres precisam se aferrar ou das quais devem se orgulhar. Continuamos querendo entender o que é a "literatura feminina", sem conseguir resolver o aparente problema nem para o seu lado feminista, andrógino ou simplesmente feminino. O fato é que se trata de uma pergunta que ainda mora em nosso imaginário. O gato sem rabo está assistindo a um concurso de misses, está folheando revistas, está dentro dos potes, está amamentando enquanto pensa na babá, no trabalho e no almoço, está grávido e preocupado se seu filho será uma menina e morará num bairro violento, porque, nesse caso, precisará de mais proteção. O gato sem rabo não pode falar muito. Não tem muito do que reclamar; afinal, tem tudo. Fique quieto, gato sem rabo! Pegue seu dinheiro e seu teto e se cale.

Mary Hamilton, Marias da Silva do século XXI, o que seria de uma de nós, se, como criadas, engravidássemos do rei? Ou se, como irmãs de alguém considerado um gênio, descobríssemos em nós um talento ainda maior? O que significa, no século

XXI, cultivar as diferenças e não as semelhanças? Qual é a parte feminina de nossa educação para que os homens educados, ao menos no Ocidente judaico-cristão, aprendam as especificidades femininas para além do direito de que elas sejam iguais aos homens? Quem haverá de ensinar os homens a serem também iguais às mulheres?

Dizem que na ilha de Man existiam alguns gatos sem rabo, embora eles fossem mais raros do que se supunha. Mas, nos últimos cem anos, inexplicavelmente, eles se multiplicaram. Isso, por um lado, é muito bom, porque eles se adaptaram a outros ambientes, criaram comunidades, misturaram-se aos gatos com rabo e podem se reproduzir sem problemas. Por outro lado, entretanto, quando um gato sem rabo passa caminhando pelos jardins de um lauto almoço de executivos bem-sucedidos, ainda é visto com desconfiança. A dona da casa pede à criada que dê um jeito de expulsá-lo de lá.

Diário

Virginia Woolf não dava folga à pena. Quando não estava ocupada com os ensaios, os contos e os romances que revelaram a maestria de sua palavra, ela se colocava a escrever em seu diário, hábito que lhe permitiu acumular numerosos registros cotidianos e contribuiu para revelar a originalidade de sua linguagem e a manifestação veemente de seu pensamento.

Nos trechos selecionados nesta edição, Woolf delibera livremente sobre o significado e os efeitos de sua escrita, e o destino de seu diário após a própria morte, aventando a possibilidade de publicação em formato de livro, previsão que se revelou acertada. Perpassando pelo processo de escrita de *Orlando*, *Mrs. Dalloway*, *As ondas* e *Os anos*, Woolf trata também da palestra e posterior ensaio "As mulheres e a ficção", que daria origem a este livro e que difundiu uma ideia revolucionária – para uma escritora, é essencial ter um teto todo seu, um ambiente de liberdade pessoal que lhe permita exprimir-se sem sujeição.

DOMINGO DE PÁSCOA, 20 DE ABRIL DE 1919

No ócio que se segue a qualquer artigo extenso, e Defoe foi o segundo a me levar por esse caminho este mês, apanhei este diário e o li, como qualquer pessoa leria a própria escrita, com uma intensidade culposa. Confesso que o estilo rude e randômico, por vezes tão antigramatical e implorando por uma mudança de palavras, me afligia de certo modo. Estou tentando dizer a seja lá que parte de mim lerá este escrito que consigo escrever muito melhor e que não perca tempo com isso; e quero proibi-la de deixar que a vista do homem recaia sobre isto. E por ora posso acrescentar um ligeiro elogio no sentido de que isso tem pressa e vigor, e de vez em quando acerta um alvo inesperado. Mas o que mais importa

é minha crença de que o hábito de escrever dessa forma, apenas para os meus olhos, é bom para praticar. Ele afrouxa as amarras, não importam as falhas e os tropeços. Caminhando no ritmo em que estou, devo fazer as tentativas mais diretas e instantâneas em direção ao meu objetivo, e assim devo colocar as mãos nas palavras, escolhê-las e dispará-las sem pausas mais longas do que as necessárias para molhar minha pena na tinta. Acredito que durante o último ano tenho conseguido identificar uma naturalidade crescente na minha escrita profissional, que atribuo às eventuais meias horas depois do chá. Além do mais, assoma diante de mim o vulto de uma forma qualquer à qual um diário deve chegar. Posso, no decorrer do tempo, descobrir o que pode ser feito dessa matéria vital vaga e errática; encontrar outro uso para isso além do uso que lhe destino, tão mais consciente e cheio de escrúpulos, na ficção. Que tipo de diário eu gostaria que fosse o meu? Algo solto, mas não desleixado, tão flexível que abraçará qualquer coisa solene, insignificante ou bela que me venha à mente. Gostaria que ele lembrasse aquelas grandes escrivaninhas antigas ou uma grande sacola, na qual é possível atirar um amontoado de bugigangas sem precisar examiná-las. Gostaria de revisitá-lo após um ano ou dois e descobrir que a coleção se arrumou sozinha, se refinou sozinha e amalgamou-se, como esse tipo de sedimento costuma misteriosamente fazer, em um terreno transparente o suficiente para refletir a luz da nossa vida, mas ainda assim um composto firme e tranquilo com o desinteresse de uma obra de arte. O principal requisito, penso eu ao reler meus volumes antigos, não é desempenhar o papel de censor, mas escrever conforme dita o humor e sobre qualquer coisa; desde então, estava curiosa para descobrir como eu lidaria com as coisas escritas a esmo, e descobri significados onde nunca antes percebera. Mas algo solto rapidamente se transforma em desleixo. É preciso o mínimo esforço para encarar um personagem ou um acontecimento que deve ser registrado. Tampouco se pode permitir que a pena escreva sem diretrizes, sob o risco de se tornar descuidado e desmazelado como Vernon Lee. As amarras dela são muito frouxas para o meu gosto.

SEXTA-FEIRA, 17 DE AGOSTO DE 1923

O assunto que desejo debater aqui é a questão dos meus ensaios, e de como transformá-los em um livro. Ocorreu-me a ideia brilhante de incluí-los em uma conversa *à la* Otway. A maior vantagem seria poder comentar e acrescentar o que quer que eu tenha deixado de fora, ou que eu tenha me esquecido de incluir, por exemplo, aquele sobre George Eliot com certeza necessita de um epílogo. E mais, ter um cenário para cada um "daria um livro", e uma série de artigos, na minha opinião, é um método não artístico. Mas, por outro lado, isso também pode ser muito artístico; é capaz de me absorver, de levar um tempo. Não obstante, vou gostar muito disso tudo. Devo resvalar para mais perto de minha própria individualidade. Devo mitigar a pompa e varrer para longe todo tipo de pequenez. Com isso, acho que ficaria mais tranquila. Então, acho que devo fazer uma tentativa. A primeira coisa a fazer é aprontar um certo número de ensaios. Pode haver um capítulo introdutório. Uma família que lê os artigos. A coisa a fazer seria envelopar cada ensaio em sua própria atmosfera. Colocá-los em uma corrente de vida, e então moldar o livro; dar ênfase a alguma linha central – mas qual será essa linha, só saberei ao ler todos eles até o fim. Sem dúvida, a ficção é o tema principal. De qualquer forma, o livro deve terminar com literatura moderna.

SEGUNDA-FEIRA, 18 DE NOVEMBRO DE 1924

O que eu ia dizer é que acho que a escrita deve ser formal. A arte deve ser respeitada. Isso me ocorreu enquanto lia algumas de minhas anotações aqui, pois se a pessoa deixa a mente vagar solta, esta se torna egoísta, pessoal, o que eu detesto. Ao mesmo tempo, o fogo irregular deve estar lá; e, talvez, para se soltar, a pessoa deva começar por ser caótica, mas não mostrar-se em público dessa forma. Estou navegando pelos loucos capítulos de *Mrs. D.* Minha dúvida é se o livro teria ficado melhor sem eles. Mas isso é uma reflexão atrasada, consequência de ter aprendido a lidar com ela. Sempre penso que, no final, enxergo o todo que deveria ter sido escrito.

Segunda-feira, 20 de abril de 1925

Uma coisa, considerando meu estado de espírito atual, parece estar além de qualquer discussão; o fato de que, enfim, perfurei meu poço de petróleo e de que não consigo escrevinhar rápido o suficiente para trazer tudo à tona. Tenho no momento pelo menos seis histórias empilhando-se dentro de mim, e sinto finalmente que consigo converter todos os meus pensamentos em palavras. Não que ainda não reste um infinito número de problemas, mas nunca senti essa pressa e essa urgência antes. Acredito que consigo escrever muito mais rapidamente; se escrever é isto – esta precipitação de frases sobre o papel e então datilografar e datilografar mais uma vez –, este tentar de novo, o ato da escrita como o passar de uma vassoura, completo isso mais tarde. Agora, suponhamos que eu venha a me tornar uma romancista interessante – não direi grande, mas interessante. Por mais estranho que pareça, dada a minha vaidade, eu não tinha muita fé até agora em meus romances nem os encarava como de minha expressão.

Sábado, 20 de março de 1926

E o que será de todos estes diários?, perguntei a mim mesma ontem. Se eu morrer, o que Leo vai fazer deles? Ele não estaria inclinado a queimá-los; ele não os publicaria. Bom, ele deveria transformá-los em um livro, penso eu, e depois queimar o miolo. Ouso dizer que eles dão um livrinho, se os rabiscos e rascunhos fossem um pouco ajeitados. Sabe lá Deus. Isso tudo é ditado por uma leve melancolia que às vezes se abate sobre mim atualmente e me faz pensar que estou velha, estou feia. Estou repetindo as coisas. Ainda assim, no que me diz respeito, como escritora, só agora estou escrevendo o que realmente se passa na minha cabeça.

Sábado, 18 de fevereiro de 1928

Eu deveria estar resenhando lorde Chesterfield neste exato momento, mas não estou. Minha cabeça está divagando sobre "As mulheres e a ficção", que devo apresentar em Newnham em maio. A mente é o mais caprichoso dos insetos, voando, volteando. Tinha pensado em escrever as mais rápidas e brilhantes páginas de *Orlando* ontem – nem uma gota veio, tudo, certamente, por causa das razões de sempre, que se anunciaram hoje. É o sentimento mais estranho: como se um dedo impedisse o fluxo de ideias para o cérebro; está rompido, e o sangue se espalha por toda parte. De novo, em vez de escrever *O.*, estive às voltas com o assunto da minha palestra. E amanhã, aliás, partimos, pois preciso retomar o livro, que iluminou os últimos dias de maneira satisfatória. Não que minhas sensações sobre a escrita sejam um guia infalível.

SEGUNDA-FEIRA, 10 DE SETEMBRO DE 1928

Deliciei-me com o fato de que, quando Rebecca West diz "os homens são uns esnobes", ela consegue irritar Desmond instantaneamente: então retruquei a ele com a frase condescendente sobre as limitações das mulheres romancistas usada em *Life and Letters*. Mas não havia acrimônia nisso. Nossa conversa era fértil, não havia um veio seco sequer. E você acha que estamos agora voltando para o topo de nossas árvores como as gralhas migratórias? E que todo esse crocitar é o começo do recolhimento da noite? Parece que percebo em diversos dos meus amigos uma cordialidade terna e afetuosa, e o prazer da intimidade, como se o sol estivesse se pondo. Muitas vezes essa imagem me vem à mente com a sensação de que o meu corpo está mais frio agora, o sol encerrou mais um dia; a velha espinha dorsal de alguém se torna mais fria – mas isso é só o começo; e uma pessoa vai ficar fria e prateada como a lua.

SÁBADO, 27 DE OUTUBRO DE 1928

Graças a Deus, minha longa labuta com a palestra para mulheres terminou neste momento. Estou de volta após ter palestrado em Girton, em meio à chuvarada. Jovens enfraquecidas, mas destemidas – essa foi a minha impressão. Inteligentes, ávidas, pobres e destinadas a se tornarem diretoras de escolas em massa. Disse a elas de forma branda para beberem vinho e terem um teto todo seu.

[...]

Acho que vejo a razão se disseminar. Mas eu gostaria de um conhecimento de vida mais próximo e mais profundo. Teria gostado de lidar com coisas reais às vezes. Sinto uma comichão e uma sensação de vitalidade depois de uma noite de conversas como aquela; as particularidades e as obscuridades de uma pessoa são suavizadas e ressaltadas. Como pouco importa uma pessoa, acho; como a vida é veloz, furiosa e magistral; e como aquelas milhares estão nadando em busca da doce vida. Senti-me envelhecida e madura. E ninguém me respeitava. Elas estavam muito ansiosas, eram egoístas e pouco se impressionavam com a idade e a reputação. Houve bem pouca reverência ou coisa do tipo. Os corredores de Girton são como cofres em alguma horrível e importante catedral – um atrás do outro, frios e iluminados, com luzes brilhando. Grandes cômodos góticos: acres de madeira escura; aqui e ali uma fotografia.

SEXTA-FEIRA, 4 DE JANEIRO DE 1929

E então, a vida é sólida ou mutável? Estou tomada pelas duas contradições. Tem sido assim desde sempre; vai ser assim para sempre; isso tem a ver com o âmago do mundo – este momento em que me encontro. E também é transitório, breve, diáfano. Passarei como uma nuvem sobre as ondas. Talvez seja porque, embora nós mudemos, um voo depois do outro, tão rápido, tão rápido, ainda assim somos sucessivos e contínuos, nós, seres humanos, e vemos a luz. Mas que luz é essa? Fico impressionada com a transitoriedade da vida humana a ponto de estar sempre dizendo adeus – como após o jantar com Roger, por exemplo; ou calculando quantas vezes mais verei Nessa.

Quinta-feira, 28 de março de 1929

É realmente uma desgraça, diário nenhum foi abandonado por tanto tempo. A verdade é que fomos para Berlim no dia 16 de janeiro, e então fiquei de cama por três semanas depois disso, e não consegui escrever por, talvez, outras três, e gastei minha energia desde então em um dos meus arrebatamentos enérgicos de composição – escrevendo o que inventei na cama, a versão final de *As mulheres e a ficção*.

Domingo, 12 de maio de 1929

Por ora, tendo terminado o que chamo de revisão final de *As mulheres e a ficção* para que L. possa ler depois do chá, eu paro. E a pressão, sobre a qual eu estava tão otimista a ponto de achar que tinha se findado, começa de novo. Sobre *As mulheres e a ficção*, não tenho certeza... Um ensaio brilhante? Ouso dizer: há muito trabalho nele, muitas opiniões misturadas em uma espécie de geleia, que tingi de vermelho tanto quanto pude. Mas estou ansiosa para me ver livre disso – para escrever sem que nenhum limite se interponha sorrateiramente diante dos olhos; aqui meu público esteve muito próximo; os fatos, maleáveis, adaptavam-se facilmente uns aos outros.

Domingo, 23 de junho de 1929

Estava muito quente outro dia, quando fomos de carro até Worthing para visitar a mãe de Leonard; minha garganta ardia. Na manhã seguinte, tive dor de cabeça, por isso ficamos em Rodmell até hoje. Em Rodmell eu li *O leitor comum*; e isto é muito importante: preciso aprender a escrever de maneira mais sucinta. Em especial nos ensaios sobre assuntos gerais como o último, "Como atacar um contemporâneo", fico horrorizada com minha própria indefinição. Isso se dá em parte porque não reflito sobre as coisas antes, em parte porque estendo meu estilo para absorver as migalhas do significado. Mas o resultado é um blá-blá-blá difuso e afobado que eu detesto. É preciso revisar *Um teto todo seu* com muito cuidado antes de imprimi-lo. E então me jogo no meu grande lago de melancolia. Senhor, como ele é profundo! Que melancólica nata eu sou! O único jeito de me manter à tona é trabalhar. Um lembrete para o verão: preciso aceitar mais trabalhos do que consigo fazer. Não, não sei de onde vem isso. No minuto em que paro de trabalhar, sinto-me afundar, afundar. E, como sempre, sinto que, quanto mais afundo, mais perto da verdade chego. É o único consolo, algo nobre. Solene. Preciso me forçar a encarar o fato de que não há nada – nada para nenhum de nós. Trabalhar, ler, escrever, tudo é um disfarce; e os relacionamentos com as pessoas. Sim, mesmo ter filhos é inútil.

Segunda-feira, 19 de agosto de 1929

Suponho que o jantar tenha sido interrompido. E que eu tenha aberto este caderno durante uma corrente de pensamento para registrar que, para o bem ou para o mal, mandei a última correção de *As mulheres e a ficção*, ou *Um teto todo seu*. Imagino que nunca mais o lerei de novo. Bom ou ruim? Ele tem em si algo vital e incômodo: é possível sentir a criatura arcar o dorso e galopar, embora, como de costume, muito disso é diluído, não tem conteúdo e está afinado em um tom muito alto.

Quarta-feira, 23 de outubro de 1929

É verdade – escrevo por apenas uma hora, depois volto correndo, com a sensação de que não consigo mais manter o cérebro naquele ritmo. Então, datilografo e termino tudo ao meio-dia. Ele me escreveu ontem, 3 de dezembro [*sic*], e disse que gostou muito. Vou resumir aqui minhas impressões antes de publicar *Um teto todo seu*. É um tanto agourento que Morgan não quisesse resenhá-lo. Faz-me desconfiar que há um guincho feminista em seu tom que vai desagradar a meus amigos mais próximos. Prevejo, então, que não receberei críticas, com exceção das evasivas e jocosas de Lytton, Roger e Morgan; que a imprensa será gentil e mencionará sua vivacidade; e também serei acusada de ser feminista e darão a entender que sou safista.

Sybill vai me convidar para almoçar; deverei receber uma boa quantidade de cartas de jovens mulheres. Receio que não seja levado a sério. A senhora Woolf é uma escritora tão competente que tudo o que ela diz se transforma em leitura fácil... esta lógica tão feminina... um livro para ser dado às garotas.

Sábado, 2 de novembro de 1929

Ah, mas tenho me dado muito bem até agora com *Um teto todo seu*; e ele vende, acho; e recebo cartas inesperadas. Mas estou mais preocupada com meu *Ondas*. Acabo de datilografar o trabalho desta manhã, e não me sinto cem por cento segura. Tem *algo* ali (o mesmo que sinto sobre *Mrs. Dalloway*), mas não consigo identificar o que é; nada parecido com a velocidade e certeza do *Farol*; *Orlando*, brincadeira de criança. Haverá alguma falsidade de método em algum lugar? Algo capcioso, de forma que as coisas interessantes não se fundamentem?

Encontro-me em um estado muito particular; percebo uma rachadura; eis o que me é interessante; e então não há uma só mesa sólida na qual apoiá-la. Pode ser que venha num lampejo durante a releitura – algo solvente. Estou convencida de que tenho razão ao procurar uma estação a partir da qual possa situar minhas pessoas em um tempo e no mar – mas, Deus, como é difícil lançar-se a isso com convicção! Ontem eu tinha convicção; hoje ela se foi.

DOMINGO, 16 DE FEVEREIRO DE 1930

Deitar-se no sofá por uma semana. Estou sentada hoje no estado corriqueiro de animação desigual. Abaixo do normal, com um desejo espasmódico de escrever, e então modorrar. Faz um ótimo dia frio, e se minha energia e senso de dever persistirem, irei de carro até Hampstead. Mas duvido que eu consiga escrever qualquer coisa. Uma nuvem gira dentro da minha cabeça. Muito consciente do próprio corpo e empurrada para fora da rotina da vida para voltar à ficção. Uma vez ou duas, senti aquele estranho farfalhar de asas na minha cabeça, o que acontece quando fico doente tanto tempo – no ano passado, por exemplo, eu estava de cama construindo *Um teto todo seu* (que vendeu dez mil dois dias atrás). Se eu pudesse ficar na cama por mais uma quinzena (mas não há nenhuma chance disso), acredito que conseguiria ver o todo de *As ondas*. Ou, claro, poderia me lançar em alguma coisa diferente.

Terça-feira, 20 de janeiro de 1931

Neste exato momento, enquanto tomo banho, acabo de conceber meu novo livro, uma continuação de *Um teto todo seu*, sobre a vida sexual das mulheres, a ser intitulado *Profissões para mulheres* (isto talvez seja... oh senhor!, que emocionante! Isso surgiu do *Here and now* do meu ainda a ser lido jornal de quarta-feira. A sociedade de Pippa. Agora para *As ondas*. Obrigada, maio de 1934). Deus, estou muito animada.

Quarta-feira, 24 de julho de 1940

Sim, há coisas sobre as quais escrever, mas quero, neste momento, na véspera da publicação, descobrir minhas emoções. Elas são vacilantes, embora não muito fortes, nada parecido com antes de *Os anos* – ah, não, nada parecido. Ainda assim elas me atormentam. Queria que fosse esta hora já na semana que vem. Haverá Morgan e Desmond. E receio o que Morgan dirá – apenas o suficiente para demonstrar que não gostou, mas de forma gentil. D. certamente vai depreciá-lo. O *Times Literary Supplement* (depois do chilique sobre *Reviewing*) vai considerá-lo falho. T. e T. ficarão entusiasmados. E – é isso. Repito que duas correntes, como sempre, se formarão: fascinante, tedioso; vivaz, morto. Então, por que vacilo? Sabendo tudo quase de cor. Mas nem tudo. Senhora Lehmann entusiasmada. John quieto. Aqueles que torcem o nariz para Bloomsbury me olharão com desprezo. Tinha me esquecido disso. Mas enquanto L. está penteando Sally, não posso me concentrar. Sem um teto todo meu.

Cronologia

25 de janeiro de 1882

Nasce Adeline Virginia Stephen, em Kensington, Londres, Inglaterra.

1895

Morre a mãe de Virginia, Julia Margaret Cameron, e ela sofre seu primeiro colapso nervoso.

1904

O pai de Virginia, Leslie Stephen, morre. A escritora sofre outro colapso nervoso grave e tenta se suicidar jogando-se de uma janela. No mesmo ano, escreve resenhas a um jornal chamado *Guardian*.

1905

Virginia começa a escrever resenhas para o *Times Literary Supplement*.

1912

Leonardo Woolf e Virginia se casam, sete meses após a escritora ter rejeitado seu primeiro pedido de casamento.

1913

Em outra tentativa de suicídio, Virginia toma uma dose excessiva de calmantes.

1915

O primeiro livro de Virginia, *A viagem*, é publicado pela Duckworth & Co., editora do meio-irmão de Virginia, Gerald. O livro começara a ser escrito sete anos antes.

1917

Após fundar a Hogarth Press, o casal Woolf faz sua primeira produção – dois contos escritos e impressos por ambos, formando a publicação *Two Stories*.

1919

A Duckworth & Co. lança o romance *Dia e noite*.

1921

É publicada *Monday or Tuesday*, coleção de contos experimentais de Virginia.

1922

A Hogarth Press lança *The Waste Land*, de T. S. Eliot, e *O quarto de Jacob* é publicado.

1925

Virginia ganha notoriedade com a publicação do romance *Mrs. Dalloway*, que originalmente se chamaria "As horas". No mesmo ano, publica também *O leitor comum*, seu primeiro livro de ensaios.

1927

É publicado *Ao farol*, considerado pela crítica como uma grande obra modernista.

1928

Influenciada por seu envolvimento com a escritora Vita Sackville-West, Virginia lança o romance *Orlando*.

1929

O ensaio *Um teto todo seu* é publicado.

1931

Virginia publica *As ondas*, considerado seu romance mais experimental até então.

1932

O segundo volume de *O leitor comum* é lançado.

1937

É publicado o último romance de Virginia a ser lançado durante a vida da autora, *Os anos*.

1938

O ensaio *Three Guineas* é publicado.

1940

Virginia lança *Roger Fry: a biography*, sobre o artista e crítico literário que pertencia ao Grupo de Bloomsbury.

28 de março de 1941

Virginia termina *Entre os atos*, romance editado por Leonard e publicado postumamente. Em um período de extrema depressão, comete suicídio por afogamento em um rio próximo a sua casa, após deixar uma carta para o marido.

TORDSILHAS

CONHEÇA OUTROS LIVROS

MOMENTOS DE ANGÚSTIA E DE SENSIBILIDADE

Contos

Ficção

O amor platônico de um livreiro por sua funcionária, um adolescente negligenciado que encontra afeto em uma improvável dupla de estudantes universitários contratados para cuidar da casa, a perda da inocência de uma garota nas mãos do filho de sua empregadora e um orgulhoso nonagenário impotente no quarto de hospital de sua neta. Românticas, esperançosas, brutalmente cruas e implacavelmente honestas, algumas até beirando o surreal, essas histórias são, acima de tudo, sobre o eterno tema do amor de Lily King.

Todas as imagens são meramente ilustrativas.

ELEITO UM DOS MELHORES LIVROS DO ANO PELO WASHINGTON POST

Literatura fantástica

Premiados

Kelly Link conquistou seguidores fervorosos por sua capacidade de, a cada novo conto, levar os leitores de maneira profunda a um inesquecível universo ficcional. Por mais fantásticas que essas histórias possam ser, elas são sempre fundamentadas por um humor astuto e uma generosidade inata de sentimento pela fragilidade — e pelas forças ocultas — dos seres humanos. Em Arrume Confusão, esse talento único expande os limites do que os contos de ficção podem fazer.

Este livro foi composto com a família tipográfica Apollo.
Impresso para a Tordesilhas Livros em 2023.